光文社文庫

文庫オリジナル／長編青春ミステリー

虹色《にじいろ》のヴァイオリン

赤川次郎

光　文　社

『虹色のヴァイオリン』目次

●主な登場人物のプロフィルと、これまでの歩み

第一作『若草色のポシェット』以来、登場人物たちは、一年一作の刊行ペースと同じく、一年ずつリアルタイムで年齢を重ねてきました。

杉原爽香《すぎはらさやか》……三十一歳。誕生日は、五月九日。名前のとおり爽《さわ》やかで思いやりがあり、正義感の強い性格。中学三年生、十五歳のとき、同級生が殺される事件に巻き込まれて以来、様々な事件に遭遇《そうぐう》する。大学を卒業して半年後の秋、殺人事件の容疑者として追われていた元BF《ボーイフレンド》・明男を無実としてかくまうが、真犯人であることを知り、自首させる。爽香はこの事件を通して、今もなお明男を愛していることに気付く。四年前、明男と結婚。高齢者用ケア付きマンション〈Pハウス〉から、現在は〈G興産〉に移り、新しい時代の老人ホームを目指す〈レインボー・プロジェクト〉のチーフを務めている。

杉原明男《あきお》……中学、高校、大学を通じての爽香の同級生。旧姓・丹羽《にわ》。優しいが、優柔不断なところも。大学進学後、爽香と別れ、刈谷祐子と付き合っていたが、大学教授夫人・中丸真理子《なかまるまりこ》の強引な誘いに負けてしまう。祐子を失ったうえに、就職にも失敗。真理子を殺した罪で服役していたが、六年前に釈放された。現在は爽香と結婚し、N運送に勤めている。

河村布子《かわむらきぬこ》……爽香たちの中学時代の担任。着任早々に起こった教え子の殺人事件で知り合った河村刑事と結婚して十二年。現在も爽香たちと交流している。子供の名は、爽子《さわこ》と達郎《たつろう》。三年前、それまでの学校を辞め、一昨年〈M女子学院〉へ。

河村太郎《たろう》……警視庁の刑事として活躍するが、三年前、ストレスから胃を悪くし、大手術を受け、事務職に。一昨年現場に戻るも、志乃との間に娘が生まれる。

栗崎英子《くりさきひでこ》……六年前、子供たちが起こした偽装誘拐事件に巻き込まれた。かつて大スター女優だったが、爽香の助けなどで映画界に復帰。〈Pハウス〉に入居中。

早川志乃《はやかわしの》……河村が追っていた幼女殺害事件の犯人と同じ学校の保健担当。一昨年、河村との子供・あかねを出産し、育てている。

田端将夫《たばたまさお》……〈G興産〉社長。祐子と交際中にも、爽香に好意を持っていた。

田端祐子《ゆうこ》……大学時代の明男の恋人。旧姓・刈谷《かりや》。就職した〈G興産〉で出会った田端将夫と五年前に結婚した。昨年、長男の良久《よしひさ》を出産。

田端真保《まほ》……将夫の母。爽香のことがお気に入り。〈G興産〉の経営に参加している。

浜田今日子《はまだきょうこ》……爽香の同級生で親友。美人で奔放、成績優秀。現在は医師として活躍中。

杉原真江《まさえ》……爽香の母。爽香の良き理解者。息子の充夫が心配の種。

杉原充夫《みつお》……爽香の十歳上の兄。三児の父。浮気癖や借金等で爽香を心配させる。

荻原里美《おぎわらさとみ》……十八歳。一昨年、事件で母を亡くし、弟を育てながら〈G興産〉で働いている。

麻生賢一《あそうけんいち》……二十五歳。〈G興産〉で、昨年から爽香の秘書を務める。

――杉原爽香、三十一歳の冬

1　新しい隣人

〈佐藤《さとう》〉という、よくある姓でなかったら、河村《かわむら》も目をとめたかもしれない。

しかし、小さなアパートとはいえ、引越して行く者、越して来る者は少なくない。

「この前、この真下の部屋の人なんか、夜逃げしちゃった」

と、早川志乃《はやかわしの》が言った。「借金取りに追われて大変だったみたい」

「誰だって、借金なんかしたくないだろうけどな」

河村はお茶を飲んで、「そろそろ行くか。——まだ寝てる？」

「ええ。ぐっすりね」

志乃は奥の部屋で「大の字」になって寝ているあかねの方を覗《のぞ》いた。

あかねも二歳になった。元気一杯で、保育園でも駆け回っているらしい。

「よく食べるのよ」

と、志乃は言った。「ちゃんと運動もさせないと、太っちゃうわ、きっと」

河村は、仕事の帰り、志乃のアパートに寄って夕食をとった。あかねも一緒に食べていたが、途中で眠くなってしまったのである。

「――仕事、きついか?」

と、河村は訊《き》いた。

「楽じゃないけど、どの仕事もそうだわ」

「ああ。――体、こわすなよ」

「大丈夫。奥さんはお変りない?」

「うん。先生をやってると元気だよ。生徒にも好かれてるらしい」

――そう言ってから、河村は、あまり「学校」とか「先生」の話をしない方が良かった、と気付いた。

早川志乃も、河村と知り合ったときは、保健室担当の教師だったのだ。河村の子を身ごもり、辞めることになった。

志乃は今、河村の内縁の妻で、娘のあかねが認知されていることで満足している。

「――もう少し、いいでしょ?」

志乃は河村の胸に身をあずけた。

河村は志乃の肩に手を回した。

――志乃が寂しがっていることは、河村にも分っている。

志乃は河村の「恋人」だったのに、今は「あかねの母親」として見られてしまう。それが志乃には辛《つら》いのだ。

「——起きるかな？」

と、河村は小声で言った。

「静かにしてれば大丈夫」

志乃は立って行って、茶の間の明りを消した……。


三十分ほどして、河村は帰って行った。

志乃は、少し汗ばんだ肌で息をつくと、ぼんやりと座っていた。

玄関のチャイムが鳴った。

「——どなた？」

河村が忘れ物でもして戻って来たのかと思ったが、それなら自分で鍵をあけて入って来るだろう。

「夜分すみません」

と、男の声がした。

このところ、近所のアパートにも空巣などの被害が多い。用心しなくては。

チェーンをかけてからドアを細く開け、

「何か？」

「こんな時間に申しわけありません。佐藤と申します。隣に越して来たものですから」

「ああ」

隣に引越しの荷物が運び込まれていることは気付いていた。

「ご挨拶《あいさつ》が遅くなって。片付けに手間どったものですから」

四十前後だろうか。ほっそりとした、おとなしそうな男性である。

志乃はチェーンを外《はず》し、ドアを開けた。

「早川です。よろしく」

「こちらこそ。――つまらないものですが」

と、佐藤という男は菓子らしい包みを差し出した。

「恐れ入ります。うち、二つの子がいるので、騒がしいかもしれません」

「いや、ちっとも構いません」

「お宅はお子さんが？」

「いえ、私は独り者で」

「まあ、失礼しました」

「といっても、この年齢《とし》で。――女房に逃げられた、というわけで」

と言って、佐藤は笑った。「ま、よろしくお願いします」

「何かお困りのことでもあれば……。コンビニは、この裏手にあります」

「それは助かった！　今から何か食べに行くといっても……。じゃ、弁当でも買って来ます」

どうぞよろしく、とくり返して帰って行く。

人当りのいい男だ。客商売だろうか、と志乃は思った。

一人住いということは、昼間はいないのだろうし、あの様子なら、少しぐらいあかねが泣いたりしても、そう神経質に文句を言って来たりしないだろう。

とりあえず少し安堵《あんど》して、志乃はあかねの様子を覗きに行った。


杉原爽香《すぎはらさやか》は、ふと目を覚ました。

車は、高速道路で渋滞に引っかかっていた。

「――混んでるわね」

と、欠伸《あくび》しながら言うと、

「あ、起きたんですか」

と、麻生賢一《あそうけんいち》が言った。「もう少しかかります。寝てて下さい」

「うん。悪いわね、いつも」

「秘書の仕事ですよ」

――爽香は、麻生を正式に「秘書」として使う身になっていた。

こうして、夜、帰りが遅くなると――ほとんど毎日だったが――麻生が車を運転して、家まで送ってくれる。

「あ、電話だ」

爽香のケータイが鳴った。「――もしもし？」

実家からだ。珍しい。

「あ、爽香。悪いね」

と、母の真江《まさえ》が言った。「まだ会社？」

「今、帰りの車の中。どうかしたの？」

母の声の調子で、爽香は何か問題が起きたな、と察していた。

「実はね――ちょっと相談したいことがあるの」

「いいけど……。寄った方がいい？」

「寄れる？」

「待ってね」

爽香は外を見て、「――麻生君、悪いけど次の出口で下りて、実家へ行ってくれる？」

「分りました」

「そこで帰っていいからね」

「待ってますよ」

「そんなこと――」

「お宅まで送らないと、落ちつかないし。社長に叱られます」

爽香はちょっと笑って、

「——あ、もしもし。今からそっちへ寄る。——そうね、たぶん……」

「二十分ですね」

と、麻生が言った。

「二十分くらいで行く。——うん、それじゃね」

ごめんね、と真江がくり返した。

爽香は、ケータイをバッグへしまうと、

「何だろう」

と呟《つぶや》いた。

父の体の具合でも良くないか、それとも……。

考えたくない！

一番心配なのは、兄、充夫《みつお》のことだ。

もう三人も子供がいる身なのに、しばしば女性問題を起しては、妻の則子《のりこ》と大喧嘩をくり返し、借金を作って、それを爽香に肩代りさせた挙句《あげく》、さっぱり返そうともしない。

「長男だから」

と、甘やかされて育ったつけが、今、回って来ている。

特に一千万円もの借金は、爽香が今の勤務先、〈G興産〉の社長、田端将夫《たばたまさお》に頼んで清算してもらったのだ。

充夫からは、毎月爽香を通して少しずつでも返済するという約束になっていた。ところが、初めの何か月かを過ぎると、充夫はほとんど返済して来なくなった。

爽香が田端将夫に気に入られていることを知っていて、返さなくても大丈夫、と思っているのだ。今は毎月少しずつ、爽香が自分の給料から返している。

「いい人で、催促して来ないから」

という理由で、

「だったら返さなくてもいい」

と考えるか、

「だからこそ返さなくちゃ」

と考えるか。

人生は、そこで大きく分れてしまう。

――母、真江の口調に、爽香はまた兄が何かやったのではないかと感じていたのだ。

直感が外れますように……。

しかし、悪い方の直感は当るものなのである。

ほぼぴったり二十分で、車は実家の前に着いた。

「待っててくれるの？　悪いわね」

と、爽香は麻生に言った。

「居眠りしてますから。窓、叩いて下さい」

と、麻生は朗らかに言った。

「──今晩は」

鍵を開けて入ると、母、真江が出て来た。

「ごめんね。あんたも大変なのに」

「いいわよ。どうせ毎晩遅い」

爽香は居間へ入って伸びをした。

実家とはいえ、もう爽香の感覚では、「よその家」に思える。

「お茶ぐらいいれるわ」

「いいわよ。食事して、何杯も飲んだから」

「そう？」

「お父さんは？」

「──寝てるわ」

ソファに腰をおろす。

爽香は、実家へ帰って来て、こうしてソファに座る度《たび》に、「あ、もうずいぶんこのソファ、クッションが悪くなってる。買い換えてあげなくちゃ」と思うのだが……。

「明男《あきお》さんは元気？」

と、真江が言った。

「うん。どっちも忙しくて、遅いの。夕食もほとんど二人とも外で食べて来るから」

「まあ。栄養のバランスが良くないよ」

「気を付けてるよ。——休みはちゃんと取ってるし」

「本当に、あんたの所は何も心配しなくてすむ。助かるわ」

——普通なら、むしろ爽香の家のことを心配するだろう。

何しろ、爽香の夫、明男はかつて殺人罪で服役していたのだから。

「お母さん、話して」

と、爽香は言い出しにくそうな母親へ、きっかけを出した。「お兄さんのこと？」

真江はため息と共に肯《うなず》く。——やっぱりね！

「今度は何？　また恋人でもこしらえて、則子さんが出てったの？」

「そうじゃないの」

と、真江は深刻な表情で言った。

「じゃあ——」

「失業したのよ」

爽香も、それは予想していなかった。

しばらく言葉が出て来ない。

「リストラっていうの？　同期の人も何人か辞めさせられたみたい」

と、真江は言った。

「そう……。不景気だからね」

リストラ、倒産……。

話は色々聞くが、身内では初めてだ。

「でも、お兄さん、まだ若いんだから。次の仕事だって見付かるわよ。退職金、出たんでしょ」

「少し、だそうだけど」

「ないよりましよ。ひと月やふた月は生活できるでしょう。その間に仕事を見付ければいいんだわ」

爽香は、何とか「大《たい》したことじゃない」という印象を母に与えようとした。母が心労で倒れたりする方が怖い。

「お兄さんがもう五十歳とかいうのなら、仕事捜しも大変だろうけど、まだ大丈夫よ」

「そうかしら」

「そうよ。――私、電話で話してみるわ、明日にでも。今日はもう遅いから」

「お願いね」

「うん、任せて。お兄さんには、私が意見するのが一番効く」

「いつも悪いね」

こうなると、借金の返済どころではない。それを考えると、気が重かった。

「爽香……」

真江がためらいながら、「充夫の話、どうもそれだけじゃないみたいなの。訊いても言わないけど、たぶん会社のこと以外でも……」

「分らない内に心配するのはよそうよ」

と、母に笑顔を見せる。「私がちゃんと訊き出すわ」

知りたくはない。でも、結局その始末は爽香が引き受けることになるのだ。

「――もう行くね」

と、爽香は立ち上った。「心配しないで。お兄さんとじっくり話してみるから」

それは自分自身への「慰め」だった……。

2　出演依頼

今の爽香にとって、兄、充夫と会って話をする時間を作るのは容易なことではなかった。

新しい時代の老人ホームを目指す〈レインボー・プロジェクト〉は具体的に動き出し、既に敷地の買収、立ちのきも完了していた。

この数週間の内には工事が始まる。

今、プロジェクトの事実上のチーフの一人となっている爽香には、しなくてはならない仕事、打合せ、面談の予定が引きも切らず入っている。

昼休みに兄に電話してみよう、と爽香は思っていたのだが——。

「杉原君」

廊下で、社長の田端に出食わしたのが運の尽き（？）で、

「はい」

と、足を止めると、

「昼飯、一緒に食べよう」

「は……」

「何か予定があるのか？」

「いえ、別に」

「じゃ、十二時五分にロビーで待っててくれ」

「分りました」

——やれやれ。

自分の席に戻ると、三十分ほど打合せで席を空《あ》けていた間に、ファックスやメールが五、六件も来ていた。

自分で返事する必要のないものは、部下へ回し、急ぎの分だけは電話やメールで連絡を取る。一、二分で切り上げたい話でも、向うがおしゃべりを始めたら聞かなくてはならないこともあり、そんなことをやっていると、十二時のチャイムが鳴ってしまった。

「麻生君」

と、秘書に声をかけ、「お昼、社長と食べてるから。緊急のとき以外は連絡しないでね」

「分りました」

——エレベーターで一階へ下りて行きながら、田端に一応兄のことも話しておかなくては、と思った。

借金は自分が少しずつ返して行くつもりだが……。

途中の階から、荻原里美《おぎわらさとみ》が乗って来た。

「あ、爽香さん」

と、嬉しそうに、「お昼ですか？」

「社長と一緒よ。どう、仕事？」

「あんまり動かないんで、すっかり太っちゃった」

と、里美は笑った。

「もう里美ちゃんも十八だもんね。ふっくらして来て当り前よ」

里美は母親を殺されている。その捜査に当ったのが河村だ。

幼い弟と二人で残されて、里美は爽香の世話でこの〈G興産〉のメッセンジャーとして働くことになった。元気に駆け回る里美は社内の人気者になり、〈飛脚《ひきゃく》ちゃん〉の愛称をもらったものだ。

十八歳になった里美は、正規の社員として、今は外を駆け回ることもない。

「一郎《いちろう》ちゃんは元気？」

「元気すぎて困るくらいです」

「四つだよね。じきに小学校か」

「早いですね。母親の気分」

エレベーターが一階に着くと、里美は、

「急いで行かないと、あのおそば屋さん、並んじゃうんで」

と、駆けて行った。

見送って、爽香は、

「若いなあ」

と呟く。

疲れを知らなかった十代のころ。——ついこの間のように思える。

「——早いな」

田端がやって来た。


「TVコマーシャルをやろうと思ってる」

ランチをとりながら、田端が言った。

「コマーシャルですか」

「別に入居者を集めるためのコマーシャルじゃない。〈G興産〉のイメージ広告で、そのシンボルとしての〈レインボー・プロジェクト〉を宣伝するんだ」

「結構ですね。でも、それも私がやるんですか?」

「君が一番適任だと思う」

「もう一人私を作って下さい」

と、爽香は言った。「今でも、打合せばっかりで一日が終ってしまうのに」

「何とか考えよう」

と、田端は笑って、「他のセクションへ任せられるものは？」

「検討してみます」

どうせやらなくてはならないのだ。分ってはいるが、こういう機会に普段思っていることを言っておいた方がいい。

「――どうだろう」

田端は食後のコーヒーを飲みながら、「そのコマーシャルだが、栗崎英子《くりさきひでこ》さんに出てもらえないだろうか」

爽香は、田端が自分を指名したわけが分った。

「お話ししてみます」

「頼む。ただ――何分《なにぶん》、予算が少ない。君の顔で、ギャラを安く抑えてくれ」

「お願いしてみます」

爽香は苦笑して言った。

昼食を終えて、爽香は、

「一つお話が」

と、口を開いた。

「実は——兄のことで」

爽香は、兄、充夫がリストラにあったことを話し、「お借りしたお金の返済、延び延びになって、申しわけありません」

「大変だな」

「でも、兄はまだ若いですし」

「いや、大変なのは君さ。無理をするなよ。返済はいつでもいい」

「ありがとうございます」

爽香が自分で返済していることを、田端も承知だ。しかし、口には出さなかった。

「——お袋が明日、ヨーロッパから帰る」

と、田端が言った。「ビデオや写真を沢山《たくさん》撮ってるだろう。君も見てくれ」

田端の母、田端真保《まほ》は、ヨーロッパでの老人ホームの運営の実際を見に行った。

真保はなぜか爽香をえらく気に入っているのである。

「お出迎えは？」

「僕は行けないが。——君も無理だろ」

「会議を一つ、社長が引き受けて下されば、行けないことも……」

「了解したよ。君が行けばお袋も喜ぶ」

「成田ですね。後で秘書室に時間を聞きます」

爽香は手帳にメモした。――こうして、次々に仕事がふえて行く。


普段の食卓。

一家そろっての夕食は珍しい。

「――そうか。もう発表会に出るのか」

と、河村は言った。「凄いじゃないか」

「簡単な曲だよ」

爽子《さわこ》が、少し照れたように言う。

「でも、バッハよ。先生も、『普通なら二、三年してから弾く曲だ』とおっしゃってたわ」

布子《きぬこ》は微笑《ほほえ》んで、「よく練習してるものね、爽子は」

「おかわり」

今七歳の達郎《たつろう》が空《から》になった茶碗を出す。

「はいはい」

布子も、いつもは学校の用事で、なかなか早くは帰れない。今日は職員会議が早く終ったのである。

「お父さん、聞きに来れる？」

と、爽子が言った。

「ああ、何とかして行く。犯人と撃ち合ってる最中《さいちゅう》でも、『ちょっと待ってろ』って言ってな」

河村の言葉に、達郎が、

「嘘だ！」

と笑った。

「日曜日の昼間よ。さ来週ね」

「分った。予定しとくよ」

河村は、十一歳になった爽子が、そんなに熱心にヴァイオリンをやっているとは知らなかった。

「電話だ」

河村は立ち上ろうとした。

「出るわ。生徒かもしれない」

布子が立って行った。

「――爽子」

と、河村は言った。「ヴァイオリン、楽しいか」

「うん」

「そうか。——良かったな」

いつもヴァイオリンのレッスンについて行くのは布子の役で、河村は帰宅も遅いから、娘の弾くヴァイオリンの音を、ほとんど聞いたことがない。

「——あなた、お電話」

布子に呼ばれて、河村は立って行った。

「誰だ？」

「上野《うえの》さんとか……。用件は直接話すって」

布子の心配そうな表情が、河村にもよく分った。

「心配するな。——もしもし」

と、河村は受話器を取った。

「どうも、河村さん」

「上野か、久しぶりだな。元気でやってるのか」

「まあ何とか」

「それで？　何か用か」

「佐藤のことです」

「どの佐藤だ？」

「佐藤真悟《しんご》ですよ。河村さんが逮捕した」

「奴か」

「出所したの、ご存知ですか」

河村の額《ひたい》に、しわが刻まれた。

「佐藤が？　いつだ？」

「もう三週間たってます。現われてませんか？」

「いや、見てない」

「そうですか。――河村さんを恨《うら》んでますからね。用心して下さい」

「いちいちそんなことを心配してたら、この仕事はやってられないよ」

と、河村は言った。

「そうでしょうが、用心に越したことはありません」

「うん。わざわざありがとう」

「何か分ったら、連絡しますよ」

「よろしく頼む」

河村は電話を切って、食卓へ戻った。

「――何だったの？」

と、布子が訊く。

「情報屋だ。付合っとくと役に立つことがある」

河村は息をついて、「俺ももう一杯食べるかな」

と、茶碗を差し出した。

「大丈夫？」

布子は笑って、「あなた、また少し太ったわね」

と言った。

——もちろん、二人とも分っている。

二人の間に、早川志乃と、あかねという子供の存在が暗い谷間を作っていることを。

しかし、今はともかく平和な一家の食卓がここにある。

どちらも、この「平和」を壊したくはなかった……。


「——もしもし」

「爽香か」

「お兄さん？」

今夜も麻生の車で帰る途中である。

居眠りをしていたのを、ケータイが鳴って起こされた。

「どうしたの？　お母さん、心配してたわよ」

「分ってる。聞いただろ」

「うん。でも——次の仕事、捜してる？」

充夫はしばらく答えなかった。

爽香は、いやな予感がした。こういう沈黙は、ろくな話を引き出さない。

「お兄さん——」

「爽香、則子と子供たちを頼む」

「——何て言ったの？」

「俺、サラ金の借金取りに追われてるんだ」

爽香の顔から血の気がひいた。

3　救われる道
「どうしたんだ」

　明男に肩をつかまれて揺さぶられ、爽香はハッと目を覚ました。

「——え？　どうしたの？」

と、明男に向って訊いていた。

「どうした、じゃないよ。お前が唸《うな》ってたんだ。あんまり苦しそうで……」

そうか。

爽香はベッドに起き上った。パジャマが汗でじっとり濡れて肌にはりついている。

「汗かいた……。着替えるわ」

と、爽香はベッドから脱け出して、「明男、寝てていいよ」

「うん……」

爽香はお風呂場へ行くと、パジャマを脱ぎ、裸になって中へ入った。

汗ばんで気持悪いので、シャワーを浴びることにしたのだ。

少しお湯が熱めになるのを待って、シャワーで汗を流す。――ホッと緊張の緩《ゆる》むのが感じられる。

夜中である。そう長くはシャワーを使えない。早々に切り上げ、バスタオルで体を拭いていると、

「――おい」

明男が立っていた。

「びっくりした！　覗かないでよ」

「お前の裸、覗いてどうするんだ？」

「失礼ね」

と、口を尖《とが》らせて見せる。「どうせ見飽きたでしょ」

明男はちょっと笑って、まだ少ししめった爽香の体を抱く。

「明男も濡れるよ……」

と言いながら、爽香は抱かれるに任せていた。

「なあ……。お前一人が、何でもしょい込み過ぎるんだ。悪い夢でも見たんだろ？」

「まあね」

「兄さんのことか？　大変だな」

「もう面倒みきれない！」

と、爽香はため息をついた。

「相手はいい年齢《とし》した大人だぜ。自分で結着はつけさせなきゃ」

「分ってるんだけどね……」

爽香は首を振って、「結局、両親に心配かける。それが困るの」

「兄さんも、分ってるんだ。最後はお前に頼りゃいいって」

爽香は、お風呂場を出て、下着から新しくした。

「今、何時？——もう三時だわ」

「寝るか？」

「うん。明日は成田まで真保さんを迎えに行かないと」

「あの社長の母親か」

「そう。——おしゃべりに捕まると長いけど、私のこと、一番よく分ってくれてるのも、あの人なのよね」

爽香は、喉が渇《かわ》いたので、台所へ行って冷蔵庫のウーロン茶をコップに半分ほど注《そそ》いだ。

——兄、充夫から「サラ金の借金取りに追われてる」と聞かされたときには、目の前が真暗になる気がした爽香だったが、よく聞くと、まだ夜逃げしなきゃいけないところまではいっていない。

家や会社に催促の電話がかかってくる、という段階と聞いて、少しホッとした。

もちろん、当人にとっては深刻なのだろうが。

とりあえず、明日の夜に会って話すことにしてあった。電話ではだめだ。面と向えば、充夫は嘘のつけない人間である。——特に爽香には弱い。

今は兄を叱るより、本当の状況を、洗いざらいしゃべらせることだ。頭から怒鳴りつけたりすれば、逆に意地になってしまう。

「本当にね……」

充夫の子を宿《やど》して故郷へ帰って行った畑山《はたやま》ゆき子《こ》はどうしただろう？

可哀そうに。——あんな兄が、どうして若い女の子にもてるのか、爽香にはふしぎだった……。

寝室に戻ると、明男はもう自分のベッドに入っている。

爽香は、自分のベッドへ入ろうとして——ふと気が変って、明男の方のベッドへ滑るように入り込んだ。

「何だ？」

「一緒に寝させて」

爽香は、明男の肩に頭をのせた。

「いいけど……」

「このまま眠らせて。——いいでしょ？」

「ああ」

明男の腕が爽香の肩を抱く。

明男のぬくもりを感じていると、気持が落ちついた。目をつぶって、

「おやすみ」

と言ったが……。

少しして、明男が言った。

「おい」

「うん？」

「無理だよ。このまま眠れって言われても」

爽香は目を開けて、ちょっと笑うと、

「朝、目覚し時計を二つ鳴らそう」

と言った。

「三つでもいいぞ」

二人の唇が出会った。

いつも危険が身近にある。

それを忘れたことはなかった。だから、今日まで「情報屋」として生きのびて来られたのだ。

しかし、上野はもう今の仕事から足を洗おうと思い始めていた。

「もう年齢《とし》さ」

その夜、遅くにバーで飲んでいた上野はそう言って、なじみのホステスに笑われた。

「何言ってんのよ。まだ五十前だっていうのに！」

「五十前？　そうだったっけ？」

「呆れた。自分の年齢も忘れたの？」

いや、確かに。俺は四十八歳だ。ホステスの言う通り、「五十前」に違いない。

しかし、この女には分らないのだ。「情報屋」の一年は三年分も人を老《ふ》けさせる、ということを。

「引退するか、そろそろ」

「引退してどうするの？　奥さんだってあるんじゃないの」

ホステスは和美《かずみ》といった。本当の名前である。

今、そろそろ四十に手の届こうかという年齢だ。上野とは十年近いなじみだった。

「由子《ゆいこ》ちゃんだって、もう小学校の高学年でしょ」

「六年生さ。来年の春は中学生だ」

「まあ！　もう中学？——あなたが初めてここへ来たころには、まだ赤ちゃんだったわ」

「ああ。二つ……だったかな。写真を持って歩いてた」

「見せてもらったわよ。『どうだ、美人だろ?』って言って。『お前なんか比べものにならない』とも言われた」

「俺が? そんなこと言ったかな」

「忘れてるんでしょ。女はね、そういうひと言を忘れないのよ」

「怖いね」

「今ごろ分った?」

「とっくに分ってる。女房を見てりゃな」

と、上野は笑った。

バーの扉が開いて、新しい客が入って来ると、上野は素早く目を走らせる。

用心のためでもあるし、誰が、どこで、何をしているか、つかんでおくことが、仕事上必要だからでもある。

見たことのない男だった。

「いらっしゃいませ」

店のママがコートを脱がそうとすると、

「いいんだ」

と、その男は言った。「寒がりでね」

「じゃあ、強いのを一杯キューーッとやって、体を温めて下さいな。――何になさる?」

「水割り」

と、男は注文した。「初めてだ。いい店だな」

「まあ、どうも」

――上野は二つしかないテーブル席の一つに陣取っていたが、和美の方へ、

「本当に初めてか」

と、小声で訊いた。

「たぶん。――私は知らないわ」

何となく、目を離せない雰囲気の男だった。上野の直感が、鼻をうごめかしていた。

「――引退して、行くあてはあるの？」

和美が話を戻した。

「うん？　何だって？」

「いやね、もう耳が遠くなったの？　やっぱり年齢《とし》かしらね」

「いや、すまん」

と、上野は笑って、「考えごとをしててね」

「奥様のこと？　それとも他の女のこと？」

「さあね。――もういい。お茶を一杯くれ」

「はい」

和美が立って行く。

アルコールにも、めっきり弱くなった。

最後にお茶を飲んで帰るのが、最近の習慣である。

「情報屋」として暮して行くのは難しい。しかし、引退はもっと難しい。

「情報屋」として生きのびていくには、まずどこからも、

「あいつは役に立つ」

と思われることだ。

上野が警察にも情報を流していることは、大方《おおかた》の人間に知れている。それでも「消される」のをまぬかれているのは、

「生かしておいた方が得だ」

と思われているせいだ。

実際、上野の情報は正確で早い、という定評がある。その評判を保つためには、裏工作に決してなびかない決意が必要である。

「あいつは金で買える」

となったら、もう「金を出すのはもったいない」という世界なのだ。

しかし、「辞める」となったら……。

それだけは上野にも予測がつかない。――引退した情報屋がどうなるのか、誰も知らないの

だ。

「——いかが？」

店のママが、コートを着たままの男に訊いた。「少しは体が暖まって？」

「少しね」

男は、見た感じではまだ若い。三十代の半《なか》ばくらいという印象だ。

水割りを二杯、一気に飲み干してしまうと、男はグラスをカウンターにカタッと音をたてて置き、

「——人を捜してる」

と、ママに向って言った。「上野って男を知ってるか」

訊かれて、ママの視線が店の奥の本人へ向いたのは仕方のないことだ。

しかし、すぐに目を伏せて、

「上野さん？——何人かは、そういう名前の人も……」

「上野拓也《たくや》。ぜひ、会って話したいことがあるんだ」

男の右手はコートのポケットの中へ入っていた。

上野は、

「待てよ」

と、声をかけた。「他の人間には手を出すな」

男がゆっくりと上野の方を見る。

「――驚いたね。あんたが上野さんか。偶然ってのは面白い」

「偶然？　まあいい。何の用だ？　俺を殺しに来たのか」

和美が青ざめて、

「悪い冗談よ」

と言った。

「そう。悪い冗談だな」

と、男は言った。「殺しに来たのなら、いちいちあんたのことを訊くと思うか？　写真くらいは見ておく」

「そうだろうな」

上野は、それでもその男の体全体から発するふしぎな威圧感《いあっかん》を覚えていた。

「――人に頼まれて来た」

と、男は言った。「訪《たず》ね人《びと》だ。あんたに訊けば、どこにいるか分ると思ってな」

上野は苦笑して、

「俺より交番で訊いた方がいいと思うがね」

と言った。「誰を捜してる？」

「佐藤真悟」

意外な名だった。

「出所したばかりの佐藤か」

「やっぱり知ってたか」

「だが、あいつがどこに行ったかは知らないぜ」

「調べてくれ」

「なぜ？」

「それはあんたの係《かかわ》りないことだ」

「まあ、知りたくもないけどな。――だが、どうして俺なんだ？　他に訊く相手がいるだろう」

コートの男はニヤリと笑った。そして、

「どうして、あんたじゃいけないんだ？」

と言った。

上野は、これまでにも、あと一歩で命を落すような目に何度か遭《あ》って来ている。

むろん、そんな経験は、慣れたから怖くなるというものではない。

しかし、この若い男の発する「殺気」とでもいうものは、並外れていた。――まるで時代劇のような言いぐさだが、他に言いようがない。

「――分った」

と、上野は肯いた。「捜してみよう」

「よろしく頼む」

「急ぐのか?」

「早けりゃ早いほどいいが、焦《あせ》って向うに気付かれても困る」

男はポケットから名刺のようなカードを取り出した。「分ったら、ここへ連絡してくれ」

中川満《なかがわみつる》。——名前の他はケータイの番号だけ。

「連絡するよ」

「ありがとう。快く引き受けてくれて、感謝するぜ」

男は、水割りの代金を一万円札で払うと、もう一枚一万円札を置いて、「あちらの分もとっ
てくれ」

と立ち上った。

「それじゃ」

——男が出て行くと、バーの中の空気がホッと緩むのが、目に見えるほどはっきりと分った。

「変な人ね」

和美が眉をひそめて、「中川? 本当の名前じゃないわね、きっと」

いや、おそらく本名だろう、と上野は思った。和美やバーのママに顔を見せたのは、もし必
要になれば平気で三人を殺すつもりでいるからだ。

しかし、そんなことを言って、和美たちを怯《おび》えさせても仕方ない。

上野は男のくれたカードを内ポケットへしまって、

「変った奴ってのもいるもんさ」

と言った。「さて、帰るか」

4　帰国後

到着口から、田端真保が姿を現わした。

爽香はすぐに見付けると、小走りに急いで、

「お帰りなさい」

と、足を止めて言ったが、「――お具合でも？」

思わずそう言っていた。

真保は微笑んで、

「あなたが迎えに来てくれたの。嬉しいわ。でも、忙しいんでしょう」

「大丈夫です。それより、お顔の色が――」

「あなたの目はごまかせないわね」

と、真保は笑って、「ちょっとお腹《なか》をこわしてね。向うの水が合わなかっただけよ」

「でも――」

「平気平気。一晩寝れば治る。ちょうどいいダイエットになったわ」

爽香はそれ以上言わず、

「お車がお待ちしてます。——荷物、お願いね」

と、真保について行った女性秘書に声をかける。

——成田へ、真保を迎えに来た爽香だったが、空港へ着くまで失くならなかった眠気が、一《ひと》目《め》真保を見て、一度に吹っ飛んでしまった。

麻生の運転する車に真保を乗せると、爽香は助手席に乗って、

「ご自宅へ」

と言った。

「あら、だめよ。将夫が待ってるわ。会社へやってちょうだい」

と、真保は言ったが、

「いいえ。お願いです。今だけは私の言う通りにして下さい」

爽香は強い口調で言った。「すぐお休みになって下さい。長く寝込まれることを考えれば、ずっとよろしいと思います」

真保は苦笑して、

「あなたの説得力には勝てないわね」

と、首を振った。「いいわ。うちへやってちょうだい」

車は走り出していた。

爽香はバックミラーを少し動かして、真保の様子を見ていた。

いつもなら、迎えの車の中で、旅行での見聞きしたことを、立て板に水としゃべりまくる真保が、車が走り出すとすぐにうつらうつらし始めた。

こんなことは初めてだ。

爽香は、ケータイを取り出し、田端将夫にかけた。

「――やあ」

と、田端が出て、「お袋、着いたか？」

「はい、ついさっき」

爽香は精一杯小声で、「お母様、具合がお悪いようで、お宅へお送りします」

「分った。――どうしたんだ？」

「社長。お母様、いつからおやせに？」

「え？　――ああ、そう言えば少しやせたかな」

「向うで、ずっと体調を崩されていたようです。お節介なようですが、精密検査を受けられた方が」

少し間《ま》があって、

「――そんなに悪そうか？」

「社長はいつもお会いになっていて、気付かれていないかもしれませんが、私はびっくりしました」

「君がそう言うなら……」

「私の友人の所でよろしいでしょうか。無理しても、都合をつけてくれると思います」

「ああ。しかし――本人が絶対にいやだと言うかもしれない」

「私の一存で勝手にやったことにして下さい。お叱りはいくらでも受けます。検査して何ともなければよろしいんですから」

爽香の言い方は、正《まさ》に「本気」の迫力を感じさせた。

「分った。頼むよ」

と、田端は言った。

爽香は、ケータイで、すぐに続けて旧友の女医、浜田今日子《はまだきょうこ》へかけた。

「――やあ、爽香、元気？」

今日子の声を聞くと、爽香はホッとした。

「あのね、お願いが」

「何？　ついにできたか」

「何の話よ。――そうじゃないの。明日、検査入院させて。お願い」

「あんたが？」

「違うの」

爽香が手短かに説明すると、

「急にやせた？　それって要注意だね」

と、今日子は言った。「分った。何とかするよ」

「お願い。頼りにしてるよ」

「そう言う爽香は大丈夫なの？」

「うん。私は何ともない」

「怪しいもんだ。いい？　ちゃんとまた検査受けんのよ」

「はいはい。じゃ、明日……」

「うん。朝九時に外来の受付に来て」

「必ず連れてく」

と、爽香は言った。

――後部座席で、田端真保は眠ったふりをしながら、爽香の話に耳を傾けていた。

「お叱りはいくらでも受けます」

という爽香の言葉を聞いたら、いやだと言えるものか。

――真保には察しがついていた。

おそらく、検査すれば、即入院だろう。

それが分っていたから、あえて無理をしてヨーロッパへ行ったのだ。

ビデオ、写真、インタビューのテープなど、そのまま爽香へ渡せば、彼女がそれを活かしてくれるだろう。

真保は、こうして具合が悪くなって、少なくとも当面会社の経営から遠ざからなくてはならない今、爽香が将夫の妻でないことが残念だった。

祐子《ゆうこ》も、それなりに「社長夫人」の役目を果しているが、爽香のように、会社が危機に陥《おちい》ったとき、積極的に夫を支えるというタイプではない。

これからの〈G興産〉に、爽香は必要な人間だ、と真保は確信していた。

「ああ……」

欠伸をして、真保は今目がさめた、という格好をした。

「おやすみになってて下さい」

と、爽香が言った。「着いたら、お起ししますから」

「大丈夫。飛行機でたっぷり寝て来たんだもの」

「今日は、すぐおやすみ下さいね」

「はいはい。——主治医の言うことは聞かないとね」

と、真保は少しおどけて言った。「じゃ、着くまでの間、打合せしましょ」

「は？」

「ビデオを一通り見るだけで大変よ」

「お任せ下さい。私がちゃんとやります」

爽香は、何が何でも真保をゆっくり休ませたいらしかった……。


「分った」

田端は肯いた。

「勝手をして申しわけありません」

爽香は頭を下げた。

「いや、本当なら、そばにいる僕や祐子が気付かなきゃいけなかった。よろしく頼む。君の言うことなら、お袋も聞く」

「はい」

爽香は肯いて、「ただ、午前中のN建設との打合せ、お願いします」

「分った。どうも、この会社じゃ、僕が一番暇らしいからな」

と、田端は笑って言った。

「ちょっと出かけて来てよろしいでしょうか」

「ああ。打合せか？」

「いえ、ちょっと——兄のことで」

「いいよ。何か相談ごとがあれば言ってくれ」

「ありがとうございます」

爽香は社長室を出た。

「――麻生君」

と、声をかける。

「お出かけですか」

「うん。でも、私用だから、車はいらない」

爽香はプロジェクトの部下にも、

「私用外出のときは、ちゃんとそう言って出かけて」

と言ってある。

人間は、家族や恋人や、色んな問題を抱えている。やむをえず、私用で出かけなくてはならないこともある。

それを咎《とが》めれば、みんな適当な口実で出かける。嘘に慣れることは良くない。

――爽香は、地下鉄で十五分ほど乗って、そのビルを捜した。

すぐに見付かる。――思ったより、ずっと立派なビルの三フロアを占めている〈S警備保障〉。

受付で、

「松下《まつした》さんを」

と頼んだ。

「部長の松下でしょうか」

「あ、そうです」

部長か！　大したもんだ。

名前を取り次いでもらうと、すぐに通してくれた。

〈部長室〉のドアを叩く前に、向うが出て来てくれた。

「よう、来たな」

松下は嬉しそうに、「ま、入れよ」

「ごぶさたして」

「固苦しい挨拶はよせよ」

かつて、サラ金の「取り立て屋」だった松下は、今や転身して警備会社の部長だ。

ひょんなことで、松下に気に入られた爽香は、

「今さら、こんな話で、申しわけないんですけど……」

と、切り出した。「兄が――」


「今度のお正月はどこかへ行く？」

と、妻の照代《てるよ》が言った。

上野は食事の手を止めて、

「出かけて大丈夫なのか？　由子の受験があるから、出かけられないと言ってたじゃないか」

「もちろん、由子と私は出かけないわ」

「じゃ、俺一人で？」

「お父さんがいると、ＴＶの音が気になるって由子が言うのよ」

「おい……」

上野は苦笑して、「一人で温泉にでも行ってろって言うのか？」

「どなたか、女の方《かた》とでもいいわよ」

と、照代がからかう。

上野はご飯にお茶をかけた。

──由子は塾なので、帰宅は九時過ぎである。

「そろそろ帰りの時間ね」

と、照代が立ち上った。

「俺が行こう」

「あら珍しい」

「たまにはな」

上野は車のキーを手に、家を出た。

妻や子のために、こうして何かしてやれることが、今の上野には何より嬉しい。

車に乗ろうとすると、玄関から照代が、

「今、電話で、駅にいるって！」

と、声をかけた。

上野はあわてて車に乗り込むと、駅へと向った。

5　準備

病院の前に、車が着くのが見えた。

爽香は急いで迎えに出て行った。

車から田端将夫が降りて来ると、

「どうだ？」

と言った。

顔がこわばっている。

「担当のお医者様がお待ちです」

と、爽香は先に立って、病院の中へと案内する。

一階の外来患者の待合室には、昼休みの時間というのに、順番を待つ人が溢れている。

そこを通り抜けて、奥のエレベーターまで行くと、田端は、

「お袋、今は？」

と訊いた。

「おやすみになっています。内視鏡検査で、軽く麻酔をかけたので、そのまま昼寝されて……」

「呑気《のんき》だな」

と、田端は苦笑した。

エレベーターに二人で乗ると、

「先生が、ぜひお二人で話を聞いてほしいとおっしゃって」

「悪いのか、相当」

「たぶん。でも、ご本人も、隠しておかれるのはおいやでしょうし」

「お袋には何だって、隠しちゃおけないよ。――気が付かなかった」

と、田端がため息をつく。

「お母様はご自分でお気付きだったと思います」

「そうだろうな。――君も一緒に聞いてくれよ」

「私はご遠慮します」

と、爽香は言った。「これはご家族のことです。ご相談の上、私にご指示があれば、おっしゃって下さい」

「うん、分った」

田端は肯いた。

エレベーターが停り、二人は静かなフロアに降りた。

爽香がナースステーションに行って、担当医に連絡を頼んだ。

「――あちらでお待ちを」

看護婦に言われて、田端は、

「医者と話すまでは、そばにいてくれ。いいだろ？」

と、爽香に言った。

「はい」

爽香も言われた通りに従って、廊下の長椅子に腰をかけた。

田端は腕組みをして、じっと前方をにらみつけていた。

「もうお母様は目を覚まされてると思いますが」

爽香は腕時計を見て言った。

「こんなにショックだとは思わなかったよ」

と、田端は言った。「お袋は、いつだってそばにいてくれて、ガミガミ叱ってくれるもんだと思ってた」

「そう思い詰めないで下さい。まだだめと決ったわけじゃないんですから」

「うん……。そうだな」

田端は深呼吸をくり返した。

爽香は、田端が心の中ではいつも母親に頼り切っていたのだと知って、改めて驚いた。もちろん、誰しもそういうことがあって当然だが。

田端は小さな子供のように怯えている。

母親を失うかもしれない、と考えただけで、恐ろしいのだ。

「君がいてくれて助かった」

と、田端は言った。「何だか、安心できるんだよ」

爽香は黙って微笑んだ。

今、自分にできるのは、こうして田端のそばにいてやることぐらいだ。それ以上は、単なる部下としての立場を超えたものになってしまう。

「お待たせしました」

と、看護婦が呼びに来た。「先生がお会いになります」

田端が立ち上って、爽香の方を見た。

「ここでお待ちしています」

「うん」

田端が背筋を伸すと、意を決した様子で歩いて行く。

爽香がそれを見送っていると、

「爽香」

振り向くと、浜田今日子が白衣姿で立っている。

「やあ。色々ありがとう」

「お安いご用」

今日子は長椅子にかけると、「――十中八九、大腸のガンだね」

「手術できる?」

「たぶん。――転移がないか、見てからだけど」

「体力はあると思うんだけど」

「爽香のこと、言ってたよ」

今日子が愉快そうに、「息子の嫁にしたかった、って」

「何だか気に入られてるのよ」

「分るよ」

と、今日子は肯いて、「ああいうタイプの人は、爽香と合うんだね」

「やめてよ。私は亭主持ち」

と、爽香は顔をしかめた。

「じゃ、私は打合せがあるから」

今日子は爽香の肩を軽く叩いて、「ともかく、できる限りのことはするから」

「うん、よろしく」

爽香は、すっかり医者として信頼感の置ける存在になった今日子の後ろ姿を見送って、つくづく、友だちはありがたい、と思った。

今、田端は担当医の説明を聞いている。

――田端真保は、今度の〈レインボー・プロジェクト〉にも大きな役割を果している。

企業として、即座に収益を上げるわけでもない〈R・P〉に、社内や株主からも反発の声はないわけではない。

「何も、この不景気なときに」

と言う者もいる。

そういう声に構わず、田端が計画を進めて来たのは、母親、真保の後押しがあったからとも言える。

その真保が倒れたら……。

むろん、ここまで進んでいる以上、プロジェクトそのものの見直しはあり得ないにせよ、進行に支障が出ることは避けられないかもしれない。

十分ほどして、田端が戻って来た。

一緒に看護婦がついて来て、

「お母様がお会いしたがっておいでです」

と、声をかけた。

爽香は、固い表情の田端と二人、真保の寝ている部屋へと案内された。

——少し薄暗くした小部屋で、点滴を受けながら、真保は横になっていた。

「母さん、どう?」

と、田端が訊く。

真保はゆっくりと顔を向けると、

「手術はいつだって?」

「そんな……。色々検査もあるし、そうすぐには……」

「やるなら早くしてほしいわね」

と、真保は言ってから、「——二人で来たの?」

と、爽香を見る。

「ああ、その方がいいと思ってね」

「何を言ってるの」

と、真保は強い口調で、「今は〈レインボー・プロジェクト〉具体化のための大切な時期でしょ。二人揃って、会社を留守にしてどうするの。一人は残ってないと、何か判断の必要なとき、仕事が止るでしょ」

「申しわけありません」

爽香は急いで言った。「すぐ社へ戻ります」

「そうしてちょうだい。——ああ、色々手配をありがとう」

「とんでもない。——じゃ、私は先に社へ戻っています」

と、田端へ声をかけ、爽香は病室を出た。

廊下へ出て、

「本当に、自分勝手なんだから！」

と呟く。

しかし、爽香の足どりは軽かった。

あの真保の生命力の強さ、〈R・P〉にかける情熱が少しも衰えていないのを見て安心したのだ。

あの勢いなら、きっとこの病も乗り越えるだろう。

爽香は、病院の玄関を出てタクシーを拾った。


「や、どうも」

上野は、門衛《もんえい》の老人の方へ会釈して、「元気かい？」

と、声をかけた。

「ああ……」

門衛の制服がダブダブの、その老人は、上野のことを思い出そうと必死になっているようだった。

「今度また一杯やりながら話そうぜ」

と、上野は言った。「この前は楽しかったな」

老人は、親しげに話しかけてくれる相手に、

「あんた、誰だっけね？」

と訊くことができなかった。

結局、曖昧《あいまい》に、

「その内な」

と、手を上げて見せた。

「電話するよ」

上野は、手を振って撮影所の中へと入って行く。

もちろん、上野があの門衛の老人に電話することなどない。まるで会ったこともないのだから。

しかし、上野は撮影所という所には、いつも雑多な人間が出入りしていることを知っていた。

情報屋という商売は、決して表向き、名のれる仕事ではない。

だから、〈訪問客〉として、撮影所の受付に名前や訪問先を記帳することは避けたいのである。

大きな倉庫に似た建物が並び、作業服のようなものを着た人間が、忙しく行き来している。

このスタジオの中で、映画が撮影されているのだ。ごみごみとした、およそ夢などかけらもないような世界だが、一旦《いったん》カメラを通してフィルムに焼き付けられると、そこは様々な幻想の世界に変る。

——上野も、若いころは「映画青年」だったことがある。

何の縁もないのに、こうして撮影所を歩いていると、「懐しい」という気持になるからふしぎである。

「——ちょっと」

と、上野は、すれ違おうとした男に声をかけ、「食堂はどこ？」

男は、話すのも面倒という様子で、黙って少し先の木造の建物を指さした。

「どうも」

——どう見ても、建て直したことなどないに違いない。

たとえて言えば、昔の小学校の木造校舎のような建物である。

ガラッと戸を開けて入ると、カレーの匂いがする。

「カレー、大盛りね」

と、声が飛ぶ。「急いで！」

「はい！」

返事と、カレーが出てくるのがほとんど同時だ。

木のテーブルは、半分ほど埋《うま》って、三人に二人はカレーライスを食べている。

手っ取り早くて、飽きが来ないのだろう。

上野は、カウンターの奥で忙しく立ち働いている女たちを一人ずつ見て行った。

「俺もカレーだ」

と、上野は言った。

「はい！　カレー一つ」

額に汗の光るその女は、白い上っぱりの袖をまくり上げて、食べ終った皿を重ね、洗い場のお湯につけていた。

ほとんど上野の顔も見ていなかったのだが——。

ふと、女の手が止る。

上野を見て、女がハッと息を呑んだ。

皿が一枚、手から滑り落ちて割れた。

「ちょっと、気を付けな！」

と、奥から太い女の声が飛んで来る。

「すみません！」

女は急いで割れた皿を拾った。

「——すまないな。びっくりさせちまったか」

と、上野は言った。

「何の用ですか」

女は低い声で言った。「私に構わないで」

「そう言うな」

と、上野は穏やかに言った。「君に迷惑かけに来たんじゃない。ちょっと話したいだけだ。聞いておいた方が、君のためにもなる」

女は迷っていた。

上野は、

「何時に体が空く？　待ってるよ」

と訊いた。

女は諦《あきら》めたように、

「夕方の五時にならないと……」

「分った。どこで待ってればいい？」

「駐車場で」

答える女の背後から、

「カレー、上《あが》ってるよ！」

と、声が飛んで来た。

6　空　地

「じき着きます」

運転している麻生の声で、爽香はハッと目ざめた。

今、どこにいるのか、どこへ向っているのか。

一瞬、混乱した。

――そう。あれは夢だったのか。

田端真保の手術の終るのを、病院の廊下でじっと待っていた。あのあまりに真《しん》に迫った光景。

しかし、現実には、まだ真保の手術の日は決っていない。検査があり、その結果を見て今週中には決ると言われていた。

「でも、執刀する先生の都合がつけば、翌日やる、なんてこともあるよ」

と、浜田今日子には言われていた。「麻酔のチームのスケジュールもあるけどね。ともかく最善を尽くすから」

今日子に言われると安堵する。

決して気休めを言わない性格であることは、爽香が一番良く分っていた。

「あれが正門ですね」

と、麻生が言った。

爽香も、この撮影所に来るのは久しぶりである。もちろん、栗崎英子を訪ねて来たのだ。

門を入ったところで車を停め、年とった門衛に用件を告げる。

「――栗崎さんに面会?　約束はあるのかね?」

「ええ。マネージャーの山本《やまもと》さんに連絡していただければ分ります」

と、爽香は言った。

「ちょっと待って。――栗崎さんはどこだったかな」

「第六スタジオですよ」

と、麻生が言った。

「ああ?――第六か。――ああ、そうだ」

門衛は、古ぼけた電話を取って、「ええと――何といったかね?」

「杉原です」

「杉原?――杉原ね」

と、門衛はメモをして、「――ああ、もしもし。――そっちに栗崎英子さんのマネージャーさんはいるかね?　正門だけど。――ああ、栗崎さんに面会だ。杉田さんって人が」

麻生が苛々《いらいら》と、

「何を聞いてるんだ！」

と呟いた。

「我慢しなさい」

と、爽香は言った。「人間、誰でも年をとるの。いつか自分がそう言われる立場になるわ」

「それにしたって……」

その年寄の門衛が、きちんと話を通して、中へ入れてくれるまで五分もかかった。

「駐車場はどこです？」

と、麻生が訊くと、

「え？　何だって？」

少し耳が遠くなっているようだ。

「いや、結構です」

麻生は、ともかく栗崎英子のいる第六スタジオへと車を進めて、その前で停めると、

「駐車場捜して待ってます。電話して下さい」

「ええ、よろしくね」

爽香は車を降りて、スタジオの建物を見上げる。

出入口のドアの上の赤いランプがついていた。本番中ということである。

爽香は、そのランプが消えるまで待っていた。

じきにランプが消え、中へ入ると、がらんと広いスタジオの空間の一画《いっかく》がポカッと明るくなっている。

——寒い。

外は日が射していても、スタジオの中は当然、どこからも日が入らない。底冷えのする寒さだ。

栗崎英子のように、高齢の女性にとっては、こういう寒さはこたえるだろう。——爽香は、つい英子の体のことを心配してしまうのだった。

「あ、爽香さん」

英子のマネージャー、山本しのぶが目ざとく爽香を見付けてやって来た。

「どうも、お邪魔して」

「いいえ、こんな所まで来ていただいて」

山本しのぶは、いつもていねいに人と接する。英子はこのよくできたマネージャーに支えられているとも言えた。

「栗崎様は大丈夫ですか？　この寒さの中で——」

と、爽香が言いかけると、

「あら、来てたのね」

と、当の栗崎英子がやって来る。

もちろん、主役ではないにせよ、何といっても、半世紀もの間、撮影所で暮して来たような大スターである。堂々として、一人際立《きわだ》っている。

「ごぶさたしております」

「元気？　あんまり無理しちゃだめよ」

「はい。――栗崎様は大丈夫ですか？　この底冷えする中で……」

英子は珍しくスーツ姿だったが、ニッコリ笑うと、ちょっと上着の裾をまくって見せた。

――携帯用のカイロがズラリと並んでいる。

「私が女優を何十年やって来たと思ってるの？　冬のスタジオがどんなに寒いか、私より知ってる人間はいないわ」

爽香は一礼して、

「参りました」

と言った。

「でも、二十分くらいは休憩ね。今のスタッフはのんびりしてて、カメラ位置変えるだけで大変だもの」

と、英子は天井を見上げて、「昔は、カメラも照明も、パッと五分くらいでやったもんだけど。――ちょっと外へ出ましょう」

と、爽香を促した。

「駐車場？」

通りかかった男は、麻生の問いに眉をひそめて、「そんな気のきいたもん、あるのか、ここに」

「でも、どこか車を停める所はあるでしょう？」

「ああ、この先を右へ行くと、何もない空地《あきち》がある。そこなら、停めても何も言われないだろ」

「どうも」

麻生は、奇妙な怪獣の衣装をつけたグループとすれ違って目を丸くしながら、その〈空地〉へと出た。

何のことはない。ちゃんと〈第二駐車場〉と立札《たてふだ》がある。

それでも、空地に過ぎないことは確かで、今も、向きや間隔もバラバラに、車やトラックが何台か停っていた。

麻生は、どこに車を停めたものか、少し迷ったが、結局、出やすいように、空地の隅の方を選んだ。

「ここでいいか」

車をバックさせ、隣のトラックと少し広めに間を取って、車を入れた。

そして、「少し退《さ》がりすぎたかな」と思って、もう一度車を前へ出した。

その瞬間、車の前に、見えるはずのないものが見えた。

赤いスカートがチラッと翻《ひるがえ》って見えたのである。——まさか!

反射的にブレーキを踏んでいた。

車は停った。

何もない。——たぶん、大丈夫だろう。

今のは何かの錯覚だ。きっとそうだ。

エンジンを切ると、急に静かになった。

麻生はドアを開け、車を出ると、ゆっくりと車の前の方へ回った。

そこに——女の子が倒れていた。

赤いスカートがめくれて、白い足にすりむいた傷が赤く、筆で掃いたようについていた。

麻生の顔から血の気がひいた。

この女の子をひいてしまったのか? いや、それなら分るはずだ。しかし、この子はここで倒れている。

気を失っているのか、それとも——死んでいるのか?

「おい」

麻生はかがみ込んだ。そして、女の子の肩を軽くつかんで揺すった。

女の子は、たぶん六、七歳というところだろう。——どうしてこんな所にいたのか、麻生には見当もつかない。

麻生は地面に膝をつき、女の子の上体を起こしてやった。

「——大丈夫かい？　目を開けてくれ。——ね、お願いだ！」

麻生の声は震えていた。

すると——女の子の目がパッチリ開いて、麻生を見たのである。

そして、女の子は声を上げて泣き出した。

「——どうしたの！」

と、女の声がした。「果林《かりん》！　——果林、どうしたの！」

母親らしい女が駆けて来た。


「——私がＣＭ？」

と、栗崎英子は苦笑して、「おたくの社長さんも、相当の物好きね」

「でも、私どものプロジェクトのイメージに栗崎様がぴったりなんです」

と、爽香は言った。「ぜひ、お考えいただけないでしょうか」

二人は、スタジオの外で立ち話をしていた。

「――もちろん、あなたが出て欲しいと言うのなら出るわよ」

と、英子は言った。「ノーギャラでもいいわ。一か月も海に潜《もぐ》ってろって言うんでない限りね」

「そんなわけにはいきません。じゃ、山本さんを通して、正式に条件を出させていただきますので」

「分ったわ」

英子は爽香の肩を抱いて、「あなたの力になれるって、私にとっては何より嬉しいことなのよ。昔の役者はね、そういうところもあるの」

英子の言葉は暖かかった。

そのとき、爽香のケータイが鳴った。

「すみません」

見れば、麻生からである。

大切な話の最中と分っているはずだ。何ごとだろう?

「失礼します」

と、英子へ詫《わ》びてから出た。「――もしもし」

「申しわけありません!」

麻生の声が震えている。

「どうしたの？」

「駐車場で——子供をはねたようです」

爽香は息をのんだ。

「どこなの？　——すぐ行くわ」

爽香は、英子へ詫びて、駆け出した。

少し迷ったが、何とかその〈駐車場〉を捜し当てる。

「麻生君！」

爽香は駆けつけて、母親らしい女性に抱かれて泣いている女の子を見た。

「すみません。車を停めようとして——」

「事情はともかく、救急車を呼んで。——お母様ですか？　申しわけありません。すぐに病院へ——」

と、爽香が言いかけると、

「いいえ！」

と、母親は強く首を振った。「放っといて！」

「でも、万一、どこか骨でも——」

「何ともない！」

突然、女の子が言った。「私が転んだの。はねられたんじゃない！」

涙はまだ乾いていない。

「この子がこう言ってるんですから」

と、母親は女の子を抱き上げた。「もういいんです。忘れて」

――おそらく、病院にかかることで、誰かに知られるのが怖いのだ。爽香はそう察した。

「それでも、もし頭でも打たれていたら心配です。救急車は呼びません。この車で近くの病院へ送らせて下さい」

「でも……」

「お願いです。後で悔やむことのないように」

爽香の言い方が、母親を安心させた様子だった。

「――分りました」

と、母親は肯いて、「でも、保険証が……」

「何とかします」

爽香は、麻生の方へ、「〈Pハウス〉へやって。あそこのクリニックなら黙って診てくれるわ」

と言った。

「はい」

「運転できる？」

麻生がショックを受けていることはよく分った。

「大丈夫です」

少し青ざめていたが、いずれにせよ、「女の子」が、それほどひどい傷を受けていないと分って、落ちつきを取り戻していた。

「じゃ、お母様、お子さんを抱いて後ろに乗って下さい」

爽香が勧めると、母親はこわごわ後部座席に子供を抱いて座った。

「お名前は？」

と、爽香は訊いた。

「——南《みなみ》です。南寿美代《すみよ》。この子は果林、六歳です」

車が走り出す。

麻生は一心《いっしん》に前方を見つめて、ハンドルを汗のにじむ手でしっかり握りしめていた。

7 接触

「ありがとうございました」

母親が、すっかり落ちつきを取り戻した様子で言った。「何だか――せっかくのご親切に、逆らうようなことを言ってしまって……」

「とんでもない。気が動転されて当然です」

爽香も、ホッとしていた。

麻生が「車ではねた」子供は、〈Pハウス〉のクリニックでの検査で、特に問題はなく、足をすりむいただけと分った。

少々大げさに包帯を巻いた足で、少女ははにかむような笑みを浮かべて母親の所に戻って来た。

「南さんとおっしゃいましたね」

と、爽香は言った。「傷が大したことなくて幸いでしたけど、車が接触したのは事実ですから、本当に申しわけありませんでした」

「そんな……。もうすんだことですし——」

と言いかけて、南寿美代はハッと息をのんだ。「いけない！　忘れてたわ」

「何か？」

「いえ——。撮影所で人と待ち合せていたものですから……」

寿美代は時計を見た。「もう五時ですね。間に合わないわ」

「車で送らせましょう。待ち合せている方に連絡がつけば……」

「いえ——。いいんです」

寿美代は果林を抱き上げて、「もう、失礼します」

「でも……。麻生君、お送りして」

「はい！」

「いいんです、本当に。そこまでしていただいては……」

「それぐらいさせて下さい」

と、麻生が言った。

すると、寿美代に抱かれた果林が、

「私、自動車がいい」

と言った。

「まあ……。じゃ、お言葉に甘えて」

爽香は、麻生を手招きして、

「撮影所でもお宅でも、言われた所へ送ってあげて」

「はい」

「それと――」

爽香は、寿美代が娘をトイレに連れて行くのを見ながら、財布を取り出し、麻生に一万円札を渡した。「これ、もしお腹が空《す》いたと言ったら、何かおごってあげて。今夜はもう、私は車、いらないから」

「分りました」

麻生は車を〈Pハウス〉の玄関へ着けようと、出て行った。

気が付くと、クリニックの医師がやって来ていた。

「どうもありがとうございました」

と、爽香は言った。「無理をお願いして」

爽香が、この〈Pハウス〉にいるころから来てくれている医師だ。

「いやいや。――何か、わけのありそうな親子だな」

「ええ。誰かに見付かるのを恐れてるみたいです」

「なるほど、そうかもしれない」

「あの女の子に、何か傷とかあざとか……」

「それはなかった。そう怯えた風でもない。たぶん、父親の暴力ではないと思う」

言われてみれば、確かに母親の方がむしろ怯えているという印象がある。

「何かあったら、また連れておいで。力になるよ」

医師の言葉に、爽香は深々と頭を下げた。

——南寿美代と果林が戻って来た。

麻生がドアを開けて待っている。

「——色々どうも」

と、寿美代は爽香に礼を言って、車に乗り込んだ。

「バイバイ」

果林が爽香に手を振る。爽香も手を振って車が走り去るのを見送った。

「さて、会社へ戻らないと」

爽香は、自分に言い聞かせるように言った。


やはり気になる。

——寿美代は、しばらく迷った後、麻生へ声をかけた。

「あの、申しわけありません」

麻生の方も、察していたのか、

「撮影所へ寄りますか？」

「よろしいでしょうか」

「もちろん。方向は同じですから」

麻生は快く答えて、「待ち合せた相手の方に、連絡した方がいいんじゃありませんか」

「はあ……」

「車の電話、使っていいですよ」

「じゃ、お借りします」

寿美代は、車に取付けてあるケータイを手に取った。

撮影所の食堂へかける。

上野は、駐車場へ行って寿美代がいなければ、食堂へやって来るだろう、と思ったのである。

——寿美代の勘《かん》は当った。

ちょうど、寿美代のことを訊きに来たという男がいたのだ。

「もしもし」

「何だ、どこにいるんだ？　駐車場を捜したぞ」

「すみません。娘がちょっとけがをして……」

寿美代は簡単に説明した。

「まあいい。じゃ、こっちへ来るんだな」

「ええ、行きます」

と、寿美代は言った。「その食堂は九時まで開いてますから、そこで待ってて下さい」

「分った」

と、上野は素気《そっけ》なく言ってから、「けが、どうなんだ。大丈夫なのか？」

寿美代は、ちょっと面食らった。

「ええ……。すり傷くらいでした」

「そうか。良かったな」

子供のことを訊いた上野の口調は、別人のように暖かかった。

電話を切って、

「ありがとうございました」

と、寿美代は言った。

あの人、子供がいるんだわ。——寿美代は思った。

上野の家族のことなど、聞いたこともなかったが、おそらく、まだ小さな子供がいるのだ。

寿美代は、何となく上野への警戒心が薄れていくのを感じた。

——車は、割合道が空いていたせいもあって、三十分ほどで撮影所に着いた。

もう、あの門衛は帰ってしまっていた。

車を中へ乗り入れると、麻生は、

「どこか近くで待ってますよ」

と言った。「もう、この時間なら、そう車の出入りもないでしょう」

外は北風が吹きつけている。

「じゃ、あの古い木造の建物の辺りで。——あれが食堂なんです」

「へえ。スターもあそこで食べるんですかね？」

「みんな一緒です。ほとんどカレーライスばっかり。あんなに楽な食堂もないでしょうね、作る方にしてみれば」

「果林ちゃんはどうします？」

「もう、中も空いてますから。——すみません」

車を停めると、寿美代はドアを開けた。

「奥さん」

と、麻生に声をかけられて、寿美代は一瞬戸惑った。

「——はい」

「何か、僕でお力になれることがあったら、いつでも呼んで下さい」

「はあ……」

寿美代はよく分らないまま肯いて、「麻生さん——でしたっけ」

「そうです」

「あの――私は、もう夫と別れていますので。『奥さん』じゃないんです。どうでもいいことですけど」

「あ。失礼しました」

「いいえ。行くわよ、果林」

「うん」

冷たい風にせき立てられるように、母と子は食堂の中へ入った。

――上野がカレーライスを食べている。

「食事中ですか」

「食堂に入って、何も食わないで座ってちゃ、申しわけないだろ」

上野は意外に気が弱いらしい。

「ママ」

と、果林が言った。「私もカレー、食べたい」

「まあ。だって……」

仕方ない。

寿美代は、自分でお金を出して、カレーライスを取り、隅の席で果林に食べさせることにした。

果林には話を聞かれたくなかったので、その点では都合がいい。

「──お話って何ですか」

と、寿美代は訊いた。

「うん。佐藤が出所した。知ってたか？」

「もう？　いつのことですか？」

「三週間たつ」

「そうですか」

上野の顔を見たときから、察してはいたのだが。

「知らなかったか」

「ええ」

「じゃ、奴は何も言って来てないんだな」

「私のいる所を知らないはずです」

上野は苦笑して、

「俺だって、ここを簡単に突き止めたんだぜ。佐藤だって、その気になりゃ……」

言われてみればその通りだ。

「──今、佐藤はどこです？」

「それが分らないから、ここへ来たのさ」

「私は知りません」

「そうか。——もし、奴が連絡して来たら、教えてくれないか」

「上野さんが知って、どうするんです？」

「佐藤を捜している奴がいるんだ。俺が頼まれた」

「でも、その人は佐藤を捜して、どうするんですか？」

「さあ。そこまでは知らない」

上野は、離れたテーブルでせっせとカレーを食べている果林を見て、「佐藤も、あの子には会いたいだろう」

「可愛がってはいましたけど……。でも、会わせたくありません。あの子は、ほとんど彼のことは憶《おぼ》えていませんから」

「年齢からいえば当然だな」

と、上野は肯いた。「——じゃ、俺に任せてくれるか？」

少しためらってから、

「分りました」

と、寿美代は肯いた。

「奴が身を寄せていそうな場所、見当つかないか？」

「親兄弟とは、絶縁してましたし……」

——そのとき、ドヤドヤと一団の男たちが食堂へ入って来た。

「監督！　今日はともかく一旦お帰りになって、出直された方が……」

「出直すだと！　いつ出直すんだ？　明日から撮影に入らにゃならんのだぞ！」

食堂中に響き渡る大声。

上野はちょっと顔をしかめて、

「うるさいな。誰だ？」

「しっ。聞こえたら大変ですよ」

と、寿美代があわてて言った。「監督の牧野竜一《まきのりゅういち》です」

「ああ。――あれが？」

上野も、牧野竜一の名前は知っている。

日本映画界では「巨匠」として知られるベテランである。

そろそろ六十歳になると思うが、大柄な体には、エネルギーが漲《みなぎ》っていた。怒り方も半端ではない。

牧野竜一は、上野たちと離れたテーブルにつくと、

「おい、コーヒー！」

と、怒鳴った。

「はい！」

助監督らしい若い男がカウンターに飛んで行く。

監督を囲んで、七、八人もの男たちがガヤガヤと議論している。

「お前が大丈夫だと言ったんじゃないか!」

「俺はただ、マネージャーの話を伝えただけだ」

「それが無責任だというんだ!」

——どうやら、お互いに責任をなすり合っているらしい。

「静かにしろ!」

牧野の一声で、シンと静まり返った。

牧野はコーヒーを一口飲んで、

「インスタントか?——いいか、今は誰の責任なんぞと言っても仕方ない。スケジュールを全面的に組み直すしかないだろう」

「何とかします」

くたびれ切った様子の男が言った。「ですが、明日でないと、他の役者の都合がつかめません」

「明日一日、スタジオを遊ばせとくのか」

と、他の一人が言った。「いくらの損になると思うんだ?」

「あれはプロデューサーですね」

と、寿美代が小声で言った。

「見当はつくよ」

上野も、別の世界を覗く楽しさに、ついそっちへ耳が向く。

そこへ、誰かが入って来て――その場の雰囲気がガラッと変った。

「まあ」

と、寿美代が言った。「栗崎英子だわ」

「ああ、あの……」

上野は目をみはった。

特別に華美な服装をしているわけではない。

それでいて、「大女優」が入って来ると、この古ぼけた食堂が、どこかの洒落た山荘か何かのように思えてくる。

大したもんだ、と上野は思った。

8　行先不明

監督の牧野竜一は、栗崎英子を見てホッとした様子で、

「やあ、遅くなって申しわけないね」

と、手を上げた。

「いいえ。昔みたいに、徹夜でないだけまし。——コーヒーね」

助監督が飛んで行く。

「旨《うま》くないぜ。インスタントだ」

と、牧野が言うと、

「仕方ないわよ。ここにはそれしかないんですもの。今、手に入るものをどう味わうか、でしょ」

英子の言葉は、コーヒーだけのことではなかったのだろう。

牧野は笑って、

「いや、英子さんにゃかなわない」

と言って、「まずいインスタント」のコーヒーをガブッと飲んだ。

「それで、どうなったの？」

と、英子が訊く。

「あてにしてた子役が、他のTVの仕事に持ってかれてね。マネージャーが若僧だから、何を言ってもだめさ」

「でも、明日には何とか撮らないとね」

「そうなんだ。英子さんもせっかく予定を入れてくれたのに……」

「私はどうせ暇よ。でも、私と孫の二人じゃドラマが進まないでしょ」

「うん……。唐木《からき》が明日しかない。明日の夜には、東南アジアに出かけて、十日間も戻らないんだ」

――どうやら、唐木というのは、上野もときどきTVのドラマで見る男優のことらしい。

父親役の唐木と、その娘。そして祖母役の栗崎英子。

その三人の出る場面を、明日撮らなくてはならないのに、子役がいなくなってしまったという状況のようだ。

「昔なら、あり得なかったがな」

と、牧野が嘆息する。「映画を蹴って、TVへ行っちまうなんて」

「時代よ」

と、英子が言った。「嘆いていても始まらないわ」

——カレーを食べていた果林は、そんな大人たちの話にはまるで関心もなく、空《から》になったお皿を両手でカウンターまで持って行って、

「ごちそうさま」

と、返した。

果林は、母親の方へやって来ると、

「ママ、食べた」

「そう。ちゃんとお皿を返した？　偉かったわね」

上野は、果林の頭をちょっと撫でて、

「じゃ、もう行くよ。佐藤のことは、知らせてくれたら、悪いようにゃしない」

「分りました」

「じゃあ」

上野が先に食堂を出て行く。

寿美代は、果林の手を取って、

「じゃあ、帰ろうか」

と言った。

「うん。お車で？」

「そうよ。いいわね、楽チンで」

「うん」

 寿美代は、果林にコートを着せ、手を引いて食堂を出ようとした。

「——おい、ちょっと待て」

 牧野の声がした。しかし、寿美代は自分に声がかかるなどとは思ってもいないから、そのまま食堂の戸を開けた。

「そこの子連れ！　おい！」

と呼ばれて、もう外へ出ようとしていた寿美代は、初めて振り返った。

「──私のことですか？」

と、びっくりして訊く。

「そうだ。ちょっとこっちへ来てくれ」

牧野が手招きする。

面食らいながら、果林の手を引いて、食堂の中へ戻ると、

「ああ」

と、栗崎英子が言った。「この食堂の人ね。いつもカウンターの中で働いてる」

「はい」

寿美代はびっくりした。

この大女優は、そう何度もここへ食べに来ていないと思うのだが、カウンターの中の女のことなど、よく憶えているものだ。

「ふーん、料理人か」

「いえ、ただカウンターに料理を出したり、お皿を洗ったりするだけです」

と、寿美代は言った。

「ふむ。――ま、どうでもいい」

牧野は肩をすくめ、「その子は？」

「あの――娘です。何か失礼なことをいたしましたか」

「そうじゃない。ここへ何しに来た？」

「はあ……。私の仕事が終るのを待っているんです」

「いくつだ？」

「――年齢《とし》ですか？　この子の？」

「あんたのはいい」

「果林は六歳です」

「六歳か！　ちょうどいい」

居並ぶ人たちが一斉《いっせい》に肯く。

寿美代がキョトンとしていると、

「あなたも聞こえてたでしょ？」

と、栗崎英子が言った。「明日、どうしても撮ってしまわないといけない場面に、私の孫娘役の子役がいなくなっちゃったの。困ってるのよ。この監督は、ともかく気難しいでしょ。プロダクションが適当に選んで出して来るというのがいやなのよ」

「そんなプロダクション、信用がならん！」

「ね」

と、英子は微笑んで、「自分の目で見て、決めたいわけ。そしたら、たまたま近くにちょうど監督のイメージにぴったりの子がいたの」

寿美代は仰天《ぎょうてん》した。

「果林のことですか？　とんでもない！　この子はそんなこと、やったこともありません」

「変に仕込まれて、型通りの芝居をされても困るんだ」

牧野は果林の方へ少し身をかがめて、「果林ちゃんというのか」

「南果林」

「おお、ちゃんと名が言えるじゃないか。いい声だ。顔と声が合っている」

牧野が振り向いて、「衣裳はどうだ？」

「背丈も体つきも、大体同じです。着られると思います」

「思います、じゃだめだ！」

「はい！」

一人が飛んで来て、ポケットから巻尺《まきじやく》を取り出すと、立っている果林の背の高さや肩幅を測る。

「――大丈夫です。一センチくらい違いますが、直せます」

呆気にとられている寿美代へ、

「南さんというのね」

と、英子が言った。「明日と、あと三日間くらい、果林ちゃんを貸してもらいたいの。そう難しいことはないわ。監督の言う通りにしていればいいし」

「とんでもない！　この子に、そんなことはつとまりません」

「いや、この子の目には力がある」

牧野はじっと果林を見て、「俺の目を臆《おく》せず見返している。この子ならやれる」

「可愛いね」

と、プロデューサーらしい男が言った。「髪型を少し直せば、売れる」

「な、果林ちゃん」

牧野が言った。「どうだ。映画に出てみないか？」

すると、果林は即座に、

「うん」

と肯いたのである。

「とんでもない！」

やっと寿美代はあわてた（？）。「この子は出しません！　そんな突然のお話……」

「本人が出ると言っとるんだ。いいだろう」

果林が寿美代の方を見て、

「ママ、私、映画に出たい」

「だめよ！　もし――」

寿美代は口ごもって、「ともかく、ご勘弁下さい！」

「もちろん、ギャラも払うぞ。少ないが」

「いえ、そんなことじゃありません」

英子が、何か思うことがある様子で、

「監督、この子をスタジオへ連れて行って、カメラテストしたら？」

「うん、それがいい」

牧野が肯いて、「おい！」

と怒鳴ると、助監督が数人、食堂を飛び出して行く。

「でも……」

呆然としている寿美代のそばへ、英子がやってくると、

「お父さんに訊いてみないといけない？」

「え……。この子の父ですか？」

「二人暮しね、この子と」

「はい」

「監督、この子を連れてスタジオへ。私、この人と話してるわ」

「よし、行くぞ」

牧野は果林の手を取ると、さっさと食堂を出て行く。

「待って下さい！　一緒に行きます」

寿美代はあわてて後を追った。

「——どうしたんです？」

外へ出ると、車で待っていた麻生が降りて来て言った。

「あら、あなた」

英子が目をみはって、「爽香さんの運転手じゃないの。どうしてここに？」

どっちにせよ、ひと言で説明するのは不可能だった……。

最後の音が、ピタリと音程も決って鳴った。

「——いいわ。とてもいい」

教師が肯いた。「その調子よ、爽子ちゃん！」

ヴァイオリンを弾き切った爽子は、少し頰を上気させて、

「はい」

と、嬉しそうに言った。

「じゃあ、今日はここまで。――ピアノ合せにはちゃんと来てね」

「はい」

爽子は、ヴァイオリンをケースへしまった。

「お母さんは？」

「今日は忙しくて」

「そう。大変ね」

「でも迎えに来てくれるって……」

「じゃ、表にいるかしら」

ヴァイオリンは、教師の自宅でのレッスンだ。

爽子は、電車で三十分、駅から十五分くらい歩いて、この先生の家へやって来ている。

電車は慣れて、平気だが、駅からの道は夜になると少し寂しい。

「――まあ、入って下さいな」

ヴァイオリン教師、藤野加代子《ふじのかよこ》は、ちょうど自宅の前へやって来た河村布子をレッスン室へ

案内して来た。

「申しわけありません、遅くなりまして」

と、布子は言った。

「いいえ。先生業は大変ですものね」

「恐れ入ります。――爽子、上手く弾けたの?」

「うん」

「河村さん」

と、藤野加代子は言った。「爽子ちゃんは、やるだけ伸びます。凄い集中力と吸収力があるんです」

「そうでしょうか」

「今度のバッハを、きちんと弾けたら、次はずっと高度なテクニックの曲へ移りましょう。

――でも、私はこの子を、ただ曲芸的なテクニックだけの子にしたくないんです。そういう子はいくらもいますが、必ず行き詰ります」

同じ教師として、布子は、この五十歳になるヴァイオリン教師の目に、「才能ある子を教える喜び」があることに気付いていた。

9 才能

「一番大切なのは、『音楽が好き』という気持です」

と、藤野加代子は言った。「好きなことなら、いくらでも疲れずにやれます。でも、一度いやになったら、こんなに辛いことはありません」

そう言ってから、藤野加代子は少し照れたように笑った。

「先生を相手に、こんなお話し、釈迦《しやか》に説法ですね」

「いいえ、とんでもない」

と、布子は笑って、「でも、両親、どっちも音楽の才能なんかないのに、どうしてこの子は……」

「才能とは分らないものです。環境、性格、教師との出会い……。どれ一つ欠けても、才能は埋《うも》れて終ります」

布子は、藤野加代子の作ってくれたココアをおいしそうに飲んでいる爽子の方へちょっと目をやった。

「爽子ちゃんは、いいときにヴァイオリンを始めました。もっと早くても、先生の言うことを理解できなかったかもしれません。遅ければ、どんなにお稽古しても、あるレベルで止っていたでしょう」

初め、爽子は、音大の大学院生の若い女性についた。しかし、二、三回のレッスンでこの藤野加代子の所へ回されたのである。

今、五十代に入った藤野加代子は、幼ない才能を見抜く目を持っていると言われていた。

——布子も教師として、師弟の間には「相性」というものがある、と知っている。

どんなに優秀な教師、才能のある生徒でも、相性が悪ければ、互いの不幸だ。

その点、爽子は藤野加代子と、初めてのレッスンから妙に気が合った。

布子は今でも、最初のレッスンの帰り、爽子がいつになく上機嫌で、

「私が休みたいな、と思うと、先生が『少し休憩しましょうか』って言ってくれるの。あの先生、どうして私の考えてることが分るんだろ」

と話すのを聞いて、

「このレッスンは順調に続く」

と直感した。

「——じゃ、爽子ちゃん、今度はピアノ合せね」

もう時間も遅い。

布子は藤野加代子にくり返し礼を言って、爽子と二人、家路についた。

駅前で、爽子は、

「ね、お母さん。あそこでハンバーガー、買ってっちゃだめ？」

と足を止めて言った。

「お腹空いたの？　何か食べて帰ってもいいわよ」

「今は空いてない」

「じゃあ――」

「達《たっ》ちゃん、一度あれ食べて、凄く喜んでたの。またヴァイオリンに行ったら、買って来てって言われてる」

「まあ」

布子は一瞬ハッとした。

母親の布子よりも、姉の爽子の方が、達郎のことを分っていて、気をつかっている。

「分ったわ。じゃ、たまにはお父さんとお母さんも食べようかしら」

「うん！　結構おいしいよ」

爽子は嬉しそうに言った。

――布子には、爽子の気持が分っている。

ヴァイオリンのレッスンについて行ったりして、今の布子は爽子の方に割《さ》く時間が多い。爽子には、そのことが気になっているのだ。

弟への後ろめたさがあり、だから、

「今度のお休みに、達ちゃんを映画に連れてってやって」

と、布子に頼んだりするのだった。

「——まだあったかい」

ハンバーガーの入った紙袋を抱えて、電車の中で、爽子はニッコリ笑った。「お父さん、帰ってるかな」

「そのはずよ」

ヴァイオリンを始めてから、爽子は父親が遅く帰ることを、あまり気にしなくなったようだった。

父の生活より、自分にとって大切なものができたのだ。それは間違いなく爽子の成長だった……。


「よく食べるわね」

南寿美代が呆れたように苦笑した。

「だって、果林ちゃんはひと仕事したんだものな」

と、麻生が言った。

大人の言うことなど関心のない様子で、果林はせっせと〈お子様ディナー〉を食べていた。

「でも、撮影所でちゃんとカレーを食べてるのに」

——確かに、果林は「ひと仕事」して来ていた。

たまたま居合せたことから、牧野竜一監督の目にとまり、突然の「子役デビュー」が決ってしまった果林……。

「カメラテストだ」

と言われて、果林は本番同様メイクをされ衣裳も着せられた。

セットで、大ベテランの栗崎英子と、セリフのやりとりをした。

口移しで教えられたセリフを、果林がいとも自然に、「自分の言葉」のようにしゃべるのを目の前にして、寿美代は唖然《あぜん》とした。

「——しかし、果林ちゃんは上手だったなあ！」

と、麻生が言った。

撮影所を出て、車で寄ったレストラン。麻生は爽香に言いつけられていた。

「驚いたわ、本当に！　この子、幼稚園じゃとても無口で……」

「天性の女優なのかもしれませんよ」

「やめて下さい。たった一回だけのことで」

と言いながら、寿美代も悪い気はしないようだった。

実際、ただのカメラテストのはずが、事実上、明日のためのリハーサルとなって、二時間もかかったのである。

「栗崎さんが気に入って下さってるせいもあるでしょうね」

と、寿美代は言った。

あの大女優が、少しでも果林のやりやすいように気をつかってくれていた。おかげで、果林は帰るころにはすっかりなついて、

「おばあちゃん」

と、半《なか》ば本気で呼んでいた。

寿美代は見ていてハラハラしたが、栗崎英子もそう呼ばれて喜んでいる様子だった。

「――明日は早起きして撮影所へ行かないと」

と、寿美代はため息をついた。「果林、大丈夫？」

「うん。楽しいもん」

果林の屈託のない表情に、寿美代も麻生も思わず笑っていた。

――家へ向う車の中で、果林が早々と眠ってしまったのは、疲れたからよりも、満腹になったせいだろう。

「――よく寝てますね」

運転している麻生が、赤信号で停っているとき、チラッと振り返って言った。

「子供って、どこでも眠れるから、羨《うらや》しい」

と、寿美代は言った。「――ごちそうにまでなってしまって、申しわけありません」

「いいえ。杉原から言いつかっていましたから」

「あの方……。ずいぶんお若く見えますけどおいくつ？」

「確か三十一ですよ」

「そう。じゃ私よりは一つ年上なのね。でもとてもしっかりしてらして……」

「ええ。〈G興産〉の中でも、目立ってます。それでいて本人はちっとも偉ぶってない、珍しい人です」

寿美代は微笑んで、

「尊敬してらっしゃるのね」

「ええ、まあ」

麻生は、少し照れたように言って、信号が変ったので車を再びスタートさせた。

寿美代は、膝の上に頭をのせて眠っている果林の顔から、そっと髪の毛をよけてやった。果林がちょっとくすぐったそうに鼻を動かす。

その様子が、一瞬佐藤のことを思い出させた。あの男も、これとそっくりの表情をしたものだ……。

「――どうかしましたか」

と、麻生が訊いた。

「何だか、急に心配そうな表情になっておられたんで」

「――え？」

「ええ……」

寿美代はためらって、それでも自分にもよく分らないまま、口を開いていた。「この子の父親が……。刑務所に入っていたんですけど、つい最近出て来たようなんです」

「何か連絡を？」

「いえ、今はまだ。――ひっそりと隠れて暮してれば、見付からないかと……」

「分りました。それで果林ちゃんを映画に出したくないと言っておられたんですね」

「そうなんです。――でも、この子が本当に楽しそうにカメラの前に立っているのを見ると……」

「才能は活かすべきですよ」

と、麻生は言った。「何か問題が起きたら、そのときに考えればいい」

寿美代はちょっと笑って、

「本当に。――何だか麻生さんのおっしゃることを聞いてると、元気が出て来ます」

「いや、これは杉原チーフの受け売りでして」

と、麻生は照れて言った。「あの人は、本当に周りを元気にしてくれる人なんです」

「すばらしいですね」

「でも、果林ちゃんも、スクリーンに出て、見る人を元気にしてくれるかもしれない。それが才能ってものですよね」

寿美代は膝の上の我が子の頭をそっとなでながら、

「この子には、ずっと可哀そうなことをして来ました。――佐藤は、この子をぶったりはしませんでしたが、一緒に過した時間はわずかでした」

と、寿美代は、過ぎた日を思い出すように言った……。


アパートは、車の入れない、細い路地の奥だった。

「もうここで……。ありがとうございました」

と、寿美代は礼を言ったが、

「荷物もあるじゃないですか。僕が果林ちゃんをおぶって行ってあげますよ」

と、麻生は言った。「遠慮しないで下さい。杉原に叱られますから、こんな所で放り出しては」

「でも――」

と、寿美代は目を伏せた。

「構いません。――さあ」

麻生が、ぐっすり寝入っている果林をおぶって、寿美代を促す。

寝ている子は重いものだ。麻生ですら、六歳の子は背中にどっしりとのしかかって来る感じだった。

「それじゃ……」

寿美代は先に立って、アパートへ入って行く。

麻生にも、寿美代がただ「遠慮して」いたわけではないと分った。――今どき珍しいほどの古ぼけたアパートだ。

「家賃が安いので」

寿美代は言いわけするように言った。

部屋の鍵をあけ、中へ入る。

「散らかってますけど」

と、口の中で呟くように言って、明りをつけると――散らかってはいないが、ろくに家財道具もない部屋が浮かび上った。

「すぐ布団を敷きます」

と、寿美代が急いで押入れを開ける。

変色してしまった畳《たたみ》に薄い布団を敷いて、

「――ここへ寝かせて下さい。――すみませんでした」

「ちょっと待って下さいね」

部屋の隅の、古い石油ストーブに火をつける。ひどく臭かった。

「せめてお茶でも……。その座布団に、どうぞ」

「お構いなく」

と言いながら、麻生は帰ろうとしないで座っていた。

何となく、このまま行ってしまう気になれなかったのだ。

ヤカンでお湯を沸かし、やっとお茶をいれると、

「何もなくて……」

と、寿美代は恥ずかしそうに言った。

「いや、そんなことないですよ。でも――タンスとかは？」

「前の、佐藤と暮してた部屋から、ほとんど何も持たずに出て来たんです。――新しい生活を始めたかったし、いずれ佐藤が戻ったときには使うだろうと思って」

寿美代は空っぽな部屋の中を見回して、

「今になると、もう少し色々持って来ておけば良かったと思いますけど」

と、苦笑した。

「大変ですね」

「いえ……」

「でも、何とか親子で食べていくだけのことは……。水商売はしたくないんです。この子の面倒を見てくれる人がありませんし」

麻生は黙ってお茶――というには薄かったが――を飲むと、

「それじゃ、これで」

と、立ち上った。「お邪魔しました」

玄関で靴《くつ》をはくと、麻生はあどけなく眠っている果林を眺めて、

「明日、頑張って」

と言った。

「この子に言っておきますわ」

と、寿美代は微笑んだ。

「では……」

麻生は律儀《りちぎ》に一礼して、その寒々とした部屋を後にした。

何かが、麻生の足どりを重くしているようで、車へ戻っても、しばらく麻生の目は古びたアパートへと向けられていた……。

10 手術

「チーフ、お電話です。3番に」

と、声をかけられて、爽香は仕事の手を止めた。

「ありがとう」

電話へ手を伸し、ボタンを押す。「杉原です」

「今、始まった」

田端将夫の声はこわばっていた。

「そうですか。お母様、お元気ですし、ご心配いりませんよ」

爽香はできるだけ明るい口調で言った。

「うん、そうだな」

「会社の方はご心配なく。私が適当にやっておきます」

「頼むよ」

「奥様は……」

「祐子は子供のことがあるからね。今、一旦家へ戻った。手術が終ったら連絡を入れることにしてある」

「それがよろしいですね。長くかかるでしょうから」

「何かあったら――」

「大丈夫です。今日一日はお母様のことだけ、お考えになっていて下さい」

爽香の穏やかな言葉に、田端は少し落ちついた様子で、

「ありがとう。じゃ、よろしく頼むよ」

「はい」

「あ、そうそう。あの子――荻原里美君だがね」

「里美ちゃんが何か？」

「いや、ついさっき、病院へ来たんだ」

「まあ」

「お袋のために、病気が治るお札《ふだ》をもらって来ました、と言ってね。――忙しいのに、何度も通ってくれたらしい」

「知りませんでした」

里美らしいことだ。爽香は心の和《なご》む気がして、微笑んだ。

里美は幼い弟を抱えて、親を失ったとき、この〈G興産〉で雇ってくれたことを恩に感じて

いるのだ。

「いや、あの子を見てると、昔の君は、きっとあんな風だったんだろうな、と思うよ」

と、田端は言った。

「社長に感謝してるんです」

「ああ。——嬉しいもんだね。ああして心から心配してくれる社員がいるってことは」

「その気持が、きっとお母様にも通じます」

「そう思うよ、僕も。——あの子によろしく言ってくれ。僕が礼も言わない内に、パッと帰っちまった」

「かしこまりました」

「じゃ、また途中で何か分れば連絡するよ」

「はい」

——爽香は余計な慰めや励ましを言わなかった。

お互い、気持はよく分っている。そして、爽香としては、こうして仕事に支障の出ないようにしていることが、一番の「看病」になるのだ。

社長、田端将夫の母親、田端真保の大腸ガン摘出手術は、今始まったのだ。

午前十時半。——爽香の目は、つい腕時計に向いていた。

少なくとも五、六時間はかかる、と浜田今日子から言われていたので、心配はしなかったが、本当なら、田端と共に手術室の外で待っていたいところだ。

でも、爽香は田端の身内ではない。

田端の妻、祐子を差し置いて、手術室の外にいるわけにはいかなかった……。

——お昼休みの時間、爽香は食欲がなかったが、それでも、「いつも通りにしていること」こそ、真保の望みだろうと察して、昼食に出た。

喫茶店で、サンドイッチと紅茶を取る。

曇って、木枯しの吹く日だった。——外を行くOLたちも、事務服の上にカーデガンやコートをはおって、それでも寒そうに首をすぼめている。

特にオフィス街の中はいわゆる「ビル風」が強くて、道を行くOLたちは、コートのえりを立てながら、同時にスカートが風でまくれ上りそうになるのを、手で押えなくてはならなかった。

——今、こうしている間も、田端真保の手術は行われているのだ。

里美のように、お札までもらって来ないものの、爽香も祈りたい思いでいることには変りなかった……。

ケータイが鳴る。

いつもの爽香なら、店の中では出ないところだが、今日は例外だ。

「——もしもし」

「爽香か、俺だよ」

兄の充夫だった。

「何だ、お兄さんか」

「俺で悪かったな」

あんまりはっきりと、「がっかりしている」気持が出たらしい。

「違うの。ちょっと知り合いが手術しててね、その連絡かと思ったのよ。どうしたの？」

「例のサラ金の方、急におとなしくなったよ。助かった。ありがとう」

「私に言わないで」

元取り立て屋で、今は警備会社の部長をしている松下に頼んで、充夫へのしつこい取り立てをやめさせたのである。

「松下さんの電話、教えたでしょ。ちゃんとお礼を言って」

「分ってる。これから電話する」

「お昼休みよ、向うも。一時過ぎにね。それと、催促がなくなっても、借金がなくなったわけじゃないのよ。忘れないでね」

と、爽香は釘を刺した。

「分ってるよ。でも、お前の方のもあるからな」

爽香は苦笑した。

「ともかく、目先の分から返して。いい？　そっちまで私は引き受けないからね」

「分ってるって。じゃあな」

話していると、あれこれ言われると思ったのか、唐突《とうとつ》に切ってしまう。

「全くもう……」

爽香はため息をついた。

少しして、田端から電話があった。

「——まだ大分かかりそうだが、順調に行ってると言われたよ」

大分声にも安堵感があった。

「良かったですね。終りましたらご連絡を」

「うん。必ずかけるよ」

「それと、一つ二つ、確認したいことがあるんですが」

爽香は、田端の緊張をほぐす意味もあって、わざと仕事のことを話題にした。

電話を切って、サンドイッチをつまんでいると、麻生が店に入って来た。

何やらケータイで楽しげに話しながら入って来て、爽香に気付かないまま、斜め後ろの席に。

——爽香も、あえて声をかけなかった。

「——じゃ、またカレー食べてるの？　——今度、何か三人で食べに行こうよ。——うん、時間は何とかする。そっちの方が大変だろ」

麻生の話し方で、相手は女性だ、と爽香は直感した。

「へえ。誰だろ？」

今まで、麻生にはこれといった彼女はいなかったはずだ。何しろ一緒に行動している時間が長いので、それくらいのことは分る。

「ああ、知ってるよ。——凄いじゃないか。監督が果林ちゃんを気に入ってるんだ。——じゃ、ギャラも上げてもらわなくちゃね」

と、麻生は笑った。

爽香は目を丸くした。

「——嘘でしょ！」

果林なんて名はそうざらにない。しかも、栗崎英子から、あの子を子役として使うことになったいきさつも聞いていた。

あの母親——確か……南っていった。

あの母親と話しているのだ。

でも——三十くらいにはなっているだろう。麻生は二十五歳のはずだ。

爽香は、あの親子を送らせた自分が、二人の付合うきっかけを作ったのだと思い当った。

でも——麻生は本当に楽しそうにしゃべっている。

「——ああ、それじゃ頑張って。——うん、夜、またかけてくれ。——果林ちゃんによろしくね」

やっと通話を切ると、麻生はコーヒーを飲み始めた。

爽香は少し迷ったが、恋の始まりはデリケートな時期である。下手に口を出さない方がいいと思った。

何だか、サンドイッチを食べるのも、そっとかみついている爽香だった……。


「――果林ちゃん、お願いします」

助監督が呼びに来る。

「はい！――果林、トイレに行っておきましょ。中は寒いわよ」

「うん」

役の衣裳を着た果林が、トコトコとトイレに駆けて行く。

自分が働いていた食堂に、今は「子役の母親」として座っている。妙な気分だった。

しかし、果林は立派に役をこなし、気に入った牧野監督は、台本になかったシーンまで書き加えて、明日からは都内ロケがある。

何だか夢でも見ているような数日間だった。

そして――それだけではない。

寿美代の手には今、麻生が買ってくれたケータイがある。

麻生は新しいストーブと布団、そしてこのケータイを買って運んで来てくれた。

当惑もした寿美代だったが、麻生のやさしさには打たれた。

そして、びっくりしたのは、麻生が自分に恋してくれていること……。

今のところ、二人の間にはまだ「何も」ない。だが、この撮影が終ったら、ごく自然に麻生と結ばれそうな気がしていた。

——恋じゃない。同情なのだ。

寿美代は自分へそう言い聞かせている。

麻生より五つも年上で、しかも子持ちの自分である。たとえ麻生は本気のつもりでも、周囲が許すまい。

「——行こう」

果林が戻って来て促した。

「はい。じゃ行きましょ。お手々、洗った?」

二人は食堂を出た。

「果林ちゃん」

栗崎英子が、ちょうど車から降りたところだった。

「おばあちゃん!」

果林が、英子の方へ駆けて行く。

「こら！　走って転んだらどうするの！」

と、英子は笑って、「今日のセリフ、憶えた？」

「うん、あんなの軽いよ」

果林の言葉に、英子は大笑いした。

スタジオへ手をつないで入って行く二人を見て、寿美代は、まるで本当の祖母と孫のようだ、と思った。

「南さん」

プロデューサーが声をかけて来た。

「はい」

「果林ちゃんのギャラのことで相談があるんだ。今日、撮影がすんだら、スタッフルームに来てくれないか」

「分りました」

「ちゃんと契約書を作らないとね」

「ええ、よろしく」

スタジオへ入ろうとして、寿美代は、足を止めた。

血の気がひいた。

誰かを捜している様子でやって来る男——それは間違いなく、佐藤だった。

11 説得

寿美代は、一瞬迷った。

このままスタジオの中へ入ってしまえば、見付かることはあるまい。

しかし――すぐに気付いた。

佐藤がここへやって来たのは、寿美代がここで働いていると知っているからだ。果林が映画へ出ることまでは知らないだろうから、寿美代がここの食堂で働いていると思っているだろう。食堂で訊かれれば、今や撮影所きってのトピックスである。果林が映画に出ることになったと誰もが話すに違いない。

もし佐藤がスタジオに現われたら……。

現場が混乱することは避けられない。

それは果林のためにも防がねばならない事態だった。

――佐藤は、食堂の場所を通りすがりの人間に訊いたらしい。食堂のある方へと、曲って行く。

寿美代は一旦スタジオに入ると、栗崎英子と遊んでいる果林のところへ行って、

「果林、ママ、ちょっと外でお話ししてるからね。いなくても心配しないで」

と、声をかけた。

「大丈夫よ。ここは任せて」

と、英子が言うと、果林が、

「大丈夫よ、ママ。ここは任せて」

と、真似をしたので、英子が大笑いした。

「栗崎様、よろしく」

と一礼して、寿美代は再びスタジオの外へ出た。

小走りに食堂へ向うと、佐藤がちょうど中へ入ろうとしていた。

「待って！」

と、寿美代は呼びかけた。

振り返った佐藤は、寿美代を見て、ちょっと面食らった様子だったが、

「お前……。よく分ったな」

「今、遠くから見かけたの」

「そうか。——ここで働いてるって聞いてな」

「今は違うの。こっちへ来て」

「ああ」

撮影所の中には、ゆっくり話のできる場所はない。

寿美代は撮影所の正門を出て、すぐ向いの喫茶店に入った。

「――正門のじいさんが、お前にずいぶん愛想《あいそ》良くしてたな」

佐藤は落ちついた様子で、「入るときは色々やかましかったぜ」

「何と言って入ったの？」

と、寿美代は訊いた。

「エキストラの仕事があると言われて来ました、と言ったよ」

と、佐藤はニヤリと笑って、「失業中の身だ。いかにもピッタリだったんだろうな」

寿美代は、コーヒーが来ると、しばらく黙って飲んでいた。

「寿美代」

と、佐藤が言った。「やり直そう。果林のためにもその方がいいと思うんだ」

「あなた……。私たち離婚したのよ」

「分ってるが――」

「もう無理よ。あの子は、あなたのことをほとんど憶えてないわ」

「そうか。――しかし、これから何十年もあるんだ」

「もう無理よ」

と、寿美代はくり返した。「無理だわ」

佐藤は、やや表情をこわばらせて、

「ともかく、あの子に会わせてくれ。あの子に決めさせよう」

「そんな……。あの子はまだ六つよ」

「寿美代。——お前、男ができたのか」

「大きな声を出さないで」

佐藤は、気持を鎮めようとするかのように、ゆっくりとコーヒーを飲んで、

「——どうなんだ」

と言った。

「付合っている人はいるわ」

「誰だ、そいつは」

「あなたと関係ないわ」

「そうはいかない。俺は果林の父親だ」

「果林のことを思うんだったら、そっとしておいて」

と、寿美代は言った。「今、果林は大変なの」

「どうしたんだ?」

「映画の撮影をしているのよ」

寿美代は、偶然のことで果林が子役としてスカウトされたいきさつを話して聞かせた。

「――ね、分って。今はあの子をそっとしておいて」

佐藤のこめかみが細かく震えた。

「寿美代。お前は娘に働かせて、自分は遊んで暮す気か」

怒りを含んだ声だった。

「違うわ。あの子がやりたがってるの。本当よ」

「お前がたきつけたんだろう。それでも母親か!」

佐藤の怒りは、もう抑えが効かなくなっていた。店の中だということなど、忘れてしまっている。

「俺は許さんぞ! 子供をこき使って、その稼ぎを懐《ふところ》に入れるなんて、まともな親のすることか!」

拳《こぶし》がテーブルを叩くと、コーヒーカップが飛び上った。

「まともな親ですって? あなたはどうなのよ。私が、果林を抱えて、どれだけ苦労して来たと思ってるの!」

寿美代も黙って聞いてはいられなかったのだ。

佐藤の非難が不当なものだと分っていたからこそ、言い返す勇気が持てたのだった。

果林は本当に今の「仕事」を楽しんでいる。寿美代はそれを邪魔したくなかった。

――しかし、佐藤としては、自分が服役していた間、寿美代が苦労したことは分っている。それを言われると、言い返せない。

「――もう分った」

佐藤は立ち上った。「今日は帰ってやる。しかしな、果林は諦めないぞ。必ず俺の手で育ててやる」

「もう来ないで。私たちに近付かないでちょうだい」

寿美代は佐藤の怒りの視線をはね返した。――こんな風に、彼に逆らったのは初めてだ。

佐藤は荒々しく店から出て行った。

喫茶店の中は、気まずい沈黙が続いていた。

「――申しわけありません」

と、寿美代は立って頭を下げた。「お騒がせしまして」

「いいわよ。あなた、カッコ良かったわよ」

と、中年の女性が言った。

「そうそう。よく言った、って感じ」

他の客も笑顔になった。

寿美代は、頰を染めて微笑んだ。

――スタジオの方へ戻る途中、寿美代はケータイで麻生にかけた。

「――もしもし」

「ごめんなさい。お仕事中に」

「いや、大丈夫。ちょっと待って」

少し間があって、「――ごめん。ここなら人がいないから」

「すみません。つい電話してしまって」

「何かあったの？」

「佐藤が――果林の父親が、今撮影所へ来たの」

「それで？」

「果林に会わせろと……。何とか突っぱねて、今日は帰ってくれたけど、ひどく怒ってるわ。きっとまた会いに来る」

「そうか。――分った。今日帰りに会って相談しよう。何時ころになる？」

「予定では八時ころだけど……。たぶんもっと遅くなるわ」

「じゃ、僕がそっちへ行くよ」

「でも、申しわけないわ」

「そんなことないさ。気にしないで。いいね」

「――ええ」

「果林ちゃんには黙ってた方がいいよ」

「そのつもり」

どうして、あの人に電話したくなるのだろう。——寿美代は、麻生に頼ることで幸せな自分を見付けていた。

佐藤のことでは頭が痛かったが、麻生が自分のことを心配してくれるのは嬉しかった。

麻生と話して、少し気持が軽くなった寿美代は、果林の撮影が進んでいるスタジオへと足を速めた。

そして、ふと思い出した。——上野のことを。

足が止った。

上野から言い含められている。佐藤が現われたら連絡しろと。

どうしよう？

佐藤がやって来たとはいっても、向うの連絡先は聞いていない。

寿美代は、考え込んだ。

もし麻生に相談したとして、彼の性格から考えれば、きっとじかに佐藤に会って談判すると言い出すだろう。

佐藤は、果林のことだけでなく、寿美代の「新しい男」にも腹を立てている。

カッとなって、抑えの効かなくなったときの佐藤の怖さは、寿美代が一番よく知っている。

もし、麻生に暴力を振うようなことがあったら——。いや、きっとそうなるに違いない！

麻生に、そんなことでけがをさせたりしたくない。

寿美代は心を決めた。

ケータイを再び取り出すと、上野から聞いていた番号へかける。

呼出し音が少し長く鳴って、

「――もしもし」

と、少しくぐもった声がした。

「上野さんですか」

「寿美代さんか」

「はい。今、佐藤が来たんです」

とたんに向うは目が覚めたようで、

「どこに来たんだ？」

「撮影所です。でも――果林に会わせないと言ったら、怒って帰ってしまいました。連絡先も聞きませんでした。すみません」

「そうか。――いや、ともかくそっちへ行く！　待っててくれ」

上野は大方《おおかた》眠っていたのだろう。布団から飛び出して仕度をする上野の姿が目に浮ぶようだった。

「食堂へ行けばいいんだな？」

と、上野に念を押されて、寿美代は初めて気付いた。

上野は、果林が映画に出ることになったのを知らないのだ。

「いえ、今は違うんです。〈第6スタジオ〉の前で待っています」

と、寿美代は言った。

「スタジオの前？」

「詳しいことは、お会いしてから」

「分った」

——寿美代は、〈本番中〉を示すランプが消えていたので、スタジオの中へと入って行った。

「果林ちゃん、立つ場所をもう少し前へ。——そうそう」

カメラマンが、セットの中の果林に、ライトの当て方を工夫している。

「すみませんでした」

傍で見ていた栗崎英子へ、そっと声をかけると、

「話は無事すんだ？」

と、英子が訊いた。

「え……」

「果林ちゃんの父親が会いに来たんでしょ？」

「どうしてそれを——」

「あなたの様子を見てれば、察しはつくわよ」

と、英子は言った。

「はあ……。実はそうだったんです」

「その様子じゃ、納得してくれなかったらしいわね」

「何でもお分りですね」

「何しろ、映画の中で、お姫さまから悩める主婦まで、何でもやったからね」

と言って、英子は微笑んだ。「もし心配だったら、助監督さんに言っとくといいわ。用心してくれるわよ」

「そんなプライベートなことで……」

「助監督はね、撮影がスムーズに進むようにするのが一番の仕事なの。振られた男が殴り込んで来ないように、ガードマンの役目も果すのよ。もっとも、私の場合は少し昔の話だけど」

英子が大真面目に言ったので、寿美代は笑ってしまった。

「ママ！」

笑い声を聞いて、セットの中から果林が手を振った。

「しっかりね」

と、寿美代は手を上げて見せた。「——あの子があんなに活き活きしてるのを、初めて見ました」

「一日ごとに可愛くなるわ。天性のものを持ってるのよ」

と、英子は肯いて、「あの子は大丈夫。あなたはあなたで、自分のすることを持ちなさい」

「――はい」

「食堂で働くというわけにはいかないでしょう。でも、母親も懸命に働いてる、ということを果林ちゃんに見せるの。それが果林ちゃんをプロの役者にするわ」

英子の言葉は、暖かく寿美代の胸へとしみ入った……。

12　写　真

「お先に失礼します」

と、声をかけて行く若い部下へ、

「お疲れさま」

と、爽香は答えた。

つい、目は机の上に置いた腕時計へ向く。——午後六時。

冬の日は短い。

もうこの時間、外は真暗である。

爽香も、四時ごろまでは普通に仕事をしていたのだが、田端真保の手術が終ったという連絡がなかなか入って来ない。

段々仕事が手につかなくなって、今はただＰＲ用のパンフレットを、パラパラめくったりしているだけだ。

「八時間か……」

すでに、手術が始まって八時間たっている。

むろん、真保の容態の急変があれば、田端が知らせてくるだろうから、連絡がないのは「悪いこと」ではないのだ。

しかし、いくら自分へそう言い聞かせても、やはり事態が「分らない」ことで焦りの気持は捨て切れない。

——病院へ行ってみようか。

爽香は何度か席から立ち上りかけては、思い止まった。

自分の居場所はここだ。そう決めたのではなかったか。

「——すみません」

麻生がそばに立っていた。

「どうしたの？」

「実は——ちょっと約束がありまして。お先に失礼してもいいでしょうか」

一瞬、爽香は返事をためらった。

病院から連絡があれば、すぐ駆けつけたい。麻生に車を運転してほしかった。

しかし、田端真保の手術は、社内でも一部の幹部にしか知らされていない。

それは、「仕事に支障が出ないように」という、真保自身の望みでもあった。

「あ、もちろんご用があれば残ります」

と、麻生は急いで言った。

爽香は首を振って、

「いいのよ。大丈夫。帰っていいわ」

と言った。

「でも……」

「心配しないで」

爽香は、昼休みのことを思い出した。「麻生君、あなた……」

「はあ、何か」

「――いいの」

と、手を振って、「構わないのよ。行って」

「はい、それじゃ。――お先に失礼します」

麻生はホッとした様子で、足早に出て行った。

あの母娘と会うのだろう。――麻生が、あの果林という子と遊んでいるところを想像すると、おかしかった。

机の上の電話が鳴った。

「――はい、杉原です」

「僕だよ」

「明男。どうしてこの電話に？」

「今日、手術だろ？　もう終ったのか」

「それがまだ連絡なくて――」

と言いかけて、「ケータイで連絡待ってるといけないと思って、こっちへかけたの？」

「それもあるし、病院の中だとまずいと思ったしな」

明男の気のつかい方に、爽香は胸が熱くなった。

「ありがとう。何か分れば連絡する。まだ仕事？」

「宅配の荷物が多い時期だものな。今、ひと休みしてる。あと少ししたら、遅口の分の配達に出るよ。メール、送ってくれ」

「分ったわ。気を付けて」

「うん。――そっちもな」

明男が、わざわざ電話してくれたので、爽香もホッとした。同時に、自分がかなりピリピリしていたことにも気付かされた。

麻生にも、きっとさぞ怖い顔を見せただろう。

ケータイが鳴った。ほとんど瞬時に出る。

「今、手術が終った」

と、田端が言った。「母は無事だ。うまく行って、心配ないと言われたよ」

爽香は、言葉が出なかった。

「もしもし？　聞こえてるか？」

と言われて、

「はい、すみません。安心したら、つい……。良かったですね」

「うん。まあ、何しろあの生命力だ。大丈夫だとは思ったがね」

田端は冗談めかして言ったが、しかし今にも泣き出しそうな声だった。

「長くかかりましたね」

「ていねいにやってくれたそうだ。心臓が丈夫なので、少し時間をかけても、ガンを完璧に取ろうとしたんだと言ってた」

「その方がいいですね。――でも、気が気じゃありませんでした」

「心配かけたな」

「そちらへ伺ってもいいですか」

「ああ、もちろん」

「麻酔の効いている間でしたら、お母様に叱られないですみますね」

と、爽香は言った。「奥様は？」

「今、こっちへ向ってるところだ」

「分りました」

少し遅れて行こう。

祐子より先に病院へ着いてしまったら、祐子の立場が悪くなる。

「ああ……」

安堵したとたん、お腹がグーッと鳴った。

お腹が空いてたんだ!

爽香は、初めてそのことに気付いた。


「——ドアを開けて入ってくるタイミングがもう一つだ」

と、牧野監督が言った。「もう一回やってみよう」

現場のスタッフが一斉に動き出す。

「——果林ちゃん、疲れたかい?」

と、牧野が訊いた。「少し休む?」

「大丈夫」

と、果林は首を振った。

「よし、偉いぞ。これがすんだら帰っていいからね」

牧野はご機嫌だ。

——スタジオの隅で、その様子をずっと眺めていた上野は、寿美代の方へやって来ると、

「大変なもんだな」

と言った。「何ごとも、仕事となると、楽じゃないな」

「そうですね」

「しかし、あの子は大《たい》したもんじゃないか」

上野は感心している。「大人だって、ああはなかなかいかないもんだ」

確かに、一緒の場面に出ている大人の役者がセリフを間違えたりしているのに、果林は全くトチらない。

「子供は、楽しんでるんですわ」

と、寿美代は言った。

「そうだな。――大事にしろよ、あの子を」

と、上野は肯いて、「じゃ、俺は行く。邪魔したな」

「いえ……。あの――」

「今度佐藤から連絡があったら、すぐ知らせてくれ」

と、小声になる。

「分りました」

上野は、もう一度本番の用意がされているセットを後《あと》に、スタジオを出た。

――佐藤がここに現われた。

寿美代の話では、必ずまたやって来るだろう。

もうすっかり暗くなった撮影所の中を、正門へ向って歩いて行くと、

「面白い所だな」

と、突然すぐ後ろで声がした。

「――どうしてここにいる?」

振り返った上野は、あの中川という男がそこにいるのを見て、一瞬ヒヤリとした。

「俺はあんたを見てる」

と、中川は言った。「そろそろ佐藤を見付けてくれるかと思ってな」

「今日、ここへ来た」

と、上野は、ザッと状況を説明した。

「なるほど。では、また来るな」

と、中川は肯いた。

「たぶんな。でも――この中で騒ぎは起さないでくれ」

中川は薄笑いを浮かべて、

「誰が騒ぎを起すと言った?」

「もちろん、何もなけりゃ、それでいいんだが」

「お互い、頼まれて仕事をする身だ。余計な心配はよそうじゃないか」

「ああ……」

「じゃ、また会おう」

中川は足早に行ってしまった。


「お留守かしら」

と、早川志乃は、隣の部屋のドアを叩いて呟いた。

「——ご用ですか」

佐藤が廊下をやって来た。

「あ、お出かけだったんですね」

と、志乃は言った。

「ちょっと用事で……。何か？」

「いえ、実は夕ご飯の用意をしたら、同じ職場の方から同じような煮ものをいただいて。——余らしてしまうのももったいないし、もしよろしければ召し上らないかと……。でも、外で食事されて来たんでしょう？」

志乃は、佐藤がいつになく不機嫌な様子なのを見て、

「ごめんなさい。お邪魔するつもりじゃなかったんです」

と戻りかけた。

「奥さん」

と、佐藤が言った。「いただきます。まだ食事していないので」

「まあ、そうですか？　じゃ、よろしかったら、うちで召し上りません？」

「しかし――よろしいんですか」

「子供が一緒ですから、やかましいですけど」

「いえ、助かります。ご飯も炊いていないので」

「じゃ、どうぞ」

と、志乃は自分の部屋のドアを開けた。

――あかねも佐藤の顔は憶えているので、却《かえ》って喜んで絵本を持って来たりしている。

「おいしいですよ」

と、佐藤はご飯のおかわりをして、「一人で食べるってのは、味気ないですからね」

「どうぞ、もっと召し上って」

「はあ。――さっきはすみません」

「え？」

「せっかく声をかけていただいたのに、仏頂面《ぶっちょうづら》で」

「まあ。誰だって、いつもそうニコニコしていられませんわ」

と、志乃は笑った。

「そうですね。――しかし、子供はいいな。見ていると飽きませんね」

「佐藤さん――」

「別れた家内に会って来たんです」

「まあ」

「二度と来るなと言われましてね。好きな男ができたらしい」

志乃はお茶を注《つ》いで、

「辛かったですね」

と言った。

「仕方ありません。身から出た錆《さび》で。しかしせめて子供の顔ぐらいは見たかった」

志乃は何も言わなかった。

男女の間は、余人《よじん》に分らない色んなことがあるものだ。どっちが悪いというわけでもない。

「おみそ汁、さめてますね。熱くして来ましょう」

と、志乃は立ち上った。

「恐れ入ります」

佐藤の方へ、あかねが、

「パパ。――パパ」

と、写真を持って行く。

「あら、何してるの？　——お邪魔しちゃだめよ」

志乃は、ガスの火をつけた。

「遊園地ですか」

「ええ、この間三人で行って来たときの写真です」

志乃はみそ汁の鍋を見ていた。

写真を手に取って見ていた佐藤の手が止った。顔から血の気がひく。

「パパ」

あかねが、写真を指して言った。

「——これがパパ？」

「パパ」

志乃は熱いみそ汁をよそって、

「——さ、どうぞ」

と、佐藤の前に置いた。

「どうも」

佐藤は、写真をそっとわきへ置いて、「楽しそうですね」

と言った。

「そうですか？」

「いいお父さんだ」

佐藤は、そう言うと、みそ汁のお椀を取り上げた。

13　ロケ

「あら、爽香さん」

病院のエレベーターを降りると、目の前に祐子が立っていた。

「ご様子を伺おうと思って」

と、爽香は言った。「仕事の打合せの途中に寄らせていただきました」

「義母《はは》が喜ぶわ。今日ね、もう集中治療室から普通病棟へ移ったの」

「まあ、それはおめでとうございます」

正直、爽香も驚いた。「それにしても、こんなに早く……」

「ねえ。お医者様も、『三十代の人でも、こう回復が早くない人は大勢いますよ』って、感心されてた」

爽香は改めて、田端真保の生命力の逞《たくま》しさに舌を巻いた。

「まだ当分は健在よ」

と、祐子はちょっと笑って言った。「用意した特別室が、ナースステーションから少し離れてるんで、用心のために三日間くらい、ナースステーションのすぐ前の病室に。行けばすぐ分るわ」

「じゃ、お顔を拝見して来ます」

と、爽香は言った。「お帰りですか」

「ええ、良久《よしひさ》をあんまり人に任せておきたくないの」

「じゃ、また……」

爽香は、祐子がエレベーターに乗るのを見送って、頭を下げた。

何だか、肩の荷が下りたというか、体が軽くなったような気がする。

この分なら、真保が仕事に復帰するのも時間の問題だろう。

「――お邪魔します」

爽香は開け放してある病室の入口で足を止め、声をかけた。

「あら、やっと来てくれたのね」

田端真保がベッドで手を上げた。

「遅くなって申しわけありません」

と、爽香は言った。「真保様の回復が早すぎるんです」

真保はちょっと笑って、

「笑わせないで。まだ手術の跡が痛むのよ、笑うと」

「笑わせてなんかおりません。真保様が勝手に笑っておられるので」

「まあ、確かにそうね」

真保は深く息をついて、「それにしても、することがないって、退屈なものね」

爽香はベッドの傍《かたわら》の椅子に腰かけて、

「本当にお元気そうで……。嬉しいです」

と言った。

「ありがとう。——あなたのおかげ」

「とんでもない！」

「それと、あなたのお友だちの——何ていったかしら」

「浜田今日子ですか」

「そうそう。その人にも、とてもお世話になったわ」

「頼りになる友人です」

「本当ね。いい友だちにまさる財産はないわ」

と、真保は小さく肯いた。「その浜田先生に聞いたわよ。あなた、以前、心臓に問題があって治療していたっていうじゃないの。だめよ、無理しちゃ」

あいつ、余計なことを……。

爽香は咳払いして、

「心臓はもう全く問題ないんです。今日子によく説明させますわ」

それに――口には出せないが、「無理をするな」と言っておいて、させているのはどこの誰?

もちろん、爽香も承知の上の「無理」で、文句を言うつもりはさらさらないが、真保が本気でそう言っているのがおかしい。

「社へ戻りますので。また伺います」

これ以上いても、ますます真保が張り切ってしまいそうなので、早々に引き上げることにした。

「――そうだわ、爽香さん」

と、真保が呼び止めた。

「はい」

「将夫に言っといて。病室にパソコンを置いて、事業の進み具合が見られるようにして、と」

「ですが――」

「私が退屈で死んでもいいの?」

爽香は、ちょっとため息をついて、

「確かにお伝えしますが――人は退屈では死にません」

と言った……。

「手術の結果が順調で、本当に良かったですね」

と、車を運転しながら麻生が言った。

「うん、ホッとしたわね」

爽香は、会社へ戻る車の中で、ノートパソコンをいじっていた。

こんな風に所かまわず仕事をするのはいやだ、と前には思っていたのだが、いざ自分が忙しくなると、こうなってしまう。

せめて車の中ではのんびりと風景でも眺めていたかったのだが……。

まあ、こうして、車の中でもやれることは片付けて、十分でも早く帰宅できるようにしたい。

――そうは思っても、結局同じことになってしまうのだが。

メールを一通送って、息をつくと、爽香は窓の外へ目をやった。

「あれ？　麻生君、どうしてこの道を通るの？」

会社へ戻るには遠回りだ。

「あ、ちょっと、いつもの道が工事してて、混んでたもので」

「そう」

大して気にはとめなかった。

真保の手術の日に入っていた田端の約束や打合せを、すべて他の日に振り変えたので、このところ、毎日が飛ぶように過ぎていく。〈レインボー・プロジェクト〉がいよいよ具体的に動き出していた。

「——何かやってますよ」

と、麻生が言った。

「え？　——ああ、ロケじゃないの。よくやってるわよね、この辺《へん》」

爽香は窓から、少し人だかりのしている辺りを眺めていたが、

「——あれ？　——ちょっと停めて！」

「どうかしましたか？」

「どこかへ寄せて停めて。あれ、栗崎さんだわ」

「へえ、偶然ですね」

麻生が道の端へ車を寄せて停めると、爽香は急いで車を降りた。

映画のカメラが道に据えられ、スタッフが大勢駆け回っている。

メイクの係に髪をいじってもらっているのは、間違いなく栗崎英子。

「——あら、珍しい」

と、向うが気付いて、「どうしたの？　エキストラで出るの？」

「まさか」

爽香は笑って、「車でたまたま通りかかったんです。栗崎様の姿が見えたので」

「まあ、そうなの。今日はね、予定外のロケなんで、スタッフは大変」

「予定外というのは？」

「新人スターの出番をね、監督がふやしちゃったの」

と、英子はいたずらっぽく笑った。「ほら、スターが来たわ」

「おばあちゃん！」

と、駆けて来た女の子を見て、爽香はびっくりした。

「まあ、果林ちゃんじゃないの」

果林は、見違えるようだった。

むろん、映画のためにメイクも少しさせているし、可愛い服も着せられているが、それだけではない。

正《まさ》に、英子の言う「スター」の輝きを身につけている。

「大したものよ、この子は。一緒に出た大人の役者は損ね」

と、英子が言った。

「果林、お邪魔しちゃだめよ」

と、やって来たのは、母親の南寿美代。

爽香に気付いて、

「まあ、杉原さん！　その節はどうも」

と、礼を言う。

寿美代も、着るものが若々しくなって、花が開いたよう。

そうか。——なるほどね。

爽香はチラッと車の方へ目をやった。

「寒くない？」

と、寿美代が果林にコートをかけてやる。

「まだ準備がかかるでしょ。その辺のお店に入って待ってましょう」

英子は状況を一目でつかんでいる。「ね、ちょっと」

と、助監督の一人を手招きして、

「風邪ひかせちゃ大変。近くのお店で待ってるわ。どこか探して」

「はい！」

と、若い助監督が走って行く。

「昔は、言わなくたって、これくらいやってくれたもんだわ」

と、英子は首を振って、「文句を言っちゃいけないわね。今の若い子も、気が付かないだけなんだから」

「そうですね」

と、爽香は言った。「私は仕事がありますので……」

「あら、お茶の一杯ぐらい付合ってよ」

英子に言われると、断れない。

「――そこのパーラーが空《す》いてます」

と、助監督が戻って来て言った。

「じゃ、少しだけ」

と、爽香は言って、「寿美代さん」

「はい」

「あなたに会いたがってる人が、車にいます。私、果林ちゃんを連れてお店に行ってますから」

寿美代が、車から降りて立っている麻生を見て、頰を染めた。

「すみません！」

小走りに麻生の方へ急ぐ寿美代の足どりは羽のように軽やかだった。

「――あの人、あなたの秘書じゃないの」

と、英子が目をみはって、「そういうことなの？」

「らしいです」

と、爽香は苦笑して、「どうして回り道するんだろう、と思ったら……」

「尊敬する上司も、恋には勝てないわね」

「おっしゃる通りです」

と、爽香は言った。

でも――寿美代と麻生の、嬉しそうなこと。

ちゃんと約束して会うのも、もちろん楽しいだろうが、こうして思いがけなく会えるというのは、恋人たちにとって、格別の喜びだ。

その麻生の優しい笑顔は、爽香の前では決して見せないものだった。

「いいもんね、恋人同士って」

と、英子が言った。「私にも、またすてきな人が現われないかなあ」

それを聞いていた果林が、英子と手をつないで、

「私は？」

と訊いた。

英子は愉《たの》しげに笑って、

「そうね。おばちゃんには、果林ちゃんっていうすてきな恋人がいた！」

英子と爽香、それに果林の三人は、通りに面したパーラーへと歩き出した。

「あれ、誰だっけ？」

「何とか――英子じゃねえか？」

「栗崎だ。栗崎英子。ほら、あの古い旅館のドラマに出てた……」

足を止めている見物人の中から、そんな声が届いて来る。

パーラーの前に来たとき、中年の女性が駆けて来て、

「栗崎さん！　サインしていただけますか」

と、手帳とボールペンを差し出す。

「はいはい」

よほど急ぎのときでない限り、英子はサインの依頼を断らない。

大スターとはいえ、ファンあってのもの。プロ意識がそうさせるのだろう。

サインをするので、英子は果林とつないでいた手を離した。

爽香は、先に店に入って席を見付けておこうと、店の入口へ、三段の階段を上ろうとしていた。

そのときだった。

見物人の間から、人をかき分けて佐藤が現われると、果林へと駆け寄って、パッと抱え上げた。

果林が泣き声を上げたのは、佐藤が走り出してからだった。

振り向いた爽香は、人ごみの中、果林を横抱きに抱えて走って行く男の後ろ姿を見てとった。

「誰か止めて！」

爽香は駆け出すと同時に大声で叫んだ。「誘拐《ゆうかい》よ！　止めて！」

とっさに大声が出せたのは、やはりこれまで色々危い場面に遭遇《そうぐう》しているからだろう。
しかし、道行く人も、状況がつかめないで呆然として眺めている。
爽香は靴を脱ぎ捨てた。低いヒールだが、走るには不自由だ。
「――果林！」
爽香の声に振り向いた寿美代が叫んだ。
麻生が寿美代を押しのけ、走り出した。
通行人のことなど目に入っていない。ただ真っしぐらに追いかける。
道行く人たちがあわてて道を空けた。

14 誘拐

「止めて！　その人を止めて！」

爽香は走りながら、大声を出し続けた。

そうでないと、これが本当の「誘拐」だと分らないからだ。

偶然通りかかっただけの人は、ただ人が走っているだけでは、何が起きたのか分らない。

「誘拐よ！　その男を止めて！」

と叫びながら走る爽香の傍を、麻生が凄い勢いで追い抜いて行く。

佐藤は、何といっても刑務所での暮しで、体力が回復していない。しかも、六歳の子供というのはかなりの重さである。

麻生がたちまち差を詰めて、広い通りを渡ろうとする佐藤に飛びかかった。

「離せ！」

佐藤も必死で麻生の手を振り離そうとする。しかし、もみ合っていると、果林を抱く手が緩む。

爽香は、その様子をしっかり見てとっていた。——佐藤のことは麻生に任せ、真直ぐ果林の体へ手をのばした。

佐藤の力が抜けていたのだろう、果林は爽香の手に移っていた。

「おい！　返せ！」

と、佐藤が怒鳴る。

「麻生君、押えてて！」

爽香は泣きじゃくる果林を抱き直すと、来た道を駆け戻った。

「果林！」

寿美代が駆けて来る。

同時に、助監督が二人、駆けつけて来た。

爽香は果林を寿美代に渡すと、

「早くスタッフの方へ戻って！」

と、押しやった。

「はい！」

振り向くと、佐藤は麻生とまだつかみ合っている。

助監督たちが、麻生の手助けをするべく駆けて行く。

佐藤はそれに気付いた。——娘を取り戻すことは諦めざるを得ない、と判断したのだろう。

思い切り麻生を突き離すと、逃げ出して、人ごみの中へ紛《まぎ》れ込んだ。

麻生は追いかけようとしたが、さすがに息が切れている。

「――麻生君」

と、爽香が呼びかけた。「もういいわよ！　放っておいて！」

「――はい」

麻生が肩で息をしながら戻って来る。

「行ってあげなさい。寿美代さんが震えてるわ」

「はい」

と、麻生は行きかけて、「すみません」

「いいわよ。私たちが居合せなかったら、果林ちゃんは連れ去られてたでしょう」

「そうですね」

麻生が、やっと明るい表情になって、急いで寿美代と果林の方へ駆けて行った。

「――爽香さん、大丈夫？」

英子が両手に爽香の脱ぎ捨てた靴をさげてやって来た。

「栗崎様。――すみません」

「いいのよ。私がサインするので手を離しちゃったから」

「それは仕方ありません」

爽香も、さすがにくたびれ切っていた。動き出す気がしない。

「――まあ、あなた、けがしてるわよ」

英子が爽香の足を見て息をのんだ。

爽香も自分の足を見下ろして、血が出ているのにびっくりした。

「きっと、走っててガラスでも踏んだんですね」

「痛いでしょう！　――ちょっと！　何してるの！　この人を運んで！」

英子に言われて助監督が二人、飛んで来た。

「大丈夫。歩けますよ」

「だめだめ。傷口から菌でも入ったらどうするの！」

英子の言葉には逆らえない。

爽香が助監督に両側から抱えられるようにして車へと運ばれて行くと、

「杉原さん！」

と、寿美代が駆けて来た。

「大したことないんですよ。裸足《はだし》で追っかけたんで、足の裏をちょっと切っただけ。心配しないで」

と、爽香はなだめたが、寿美代は血だらけになった爽香の足を見ると、ワッと泣き出してしまった。

「すみません……。私のせいで……」

「あなたのせいじゃないって。泣かないで下さいな。——麻生君、残して行きましょうか？」

「いえ、撮影は中止です。私、しっかりついていますから」

爽香は車の座席に下ろしてもらうと、

「あれが果林ちゃんの父親ですね」

「はい。——佐藤真悟といいます。仮釈放中で」

「でも、諦めていないでしょうから、用心した方が」

と、爽香は言った。

「チーフ！」

麻生が果林を抱いてやって来た。

監督の牧野も一緒だ。

「けがしてたんですね」

「大したことないわ。——ね、さっきの佐藤という男、仮釈放中なら、住んでいる所も分るはずだわ。またこんなことが起らないように気を付けないと」

「いや、助かった」

と、牧野が言った。「大事なスターを助けて下さって、礼を言いますよ」

「監督さん。さっきの男がまたやって来ないとも限りません。寿美代さんの住《すま》いも突き止めているかもしれない。差し当り、お二人をどこか安全なホテルにでも置いてあげて下さい」

爽香の言葉に、牧野は肯いて、

「なるほど。おっしゃる通りだ。すぐ手配させましょう」

「チーフ。車で病院へ行きましょう」

「一人で行けるわよ」

「そうはいきませんよ。ここは、スタッフが大勢いますから」

「すぐ手当して下さい」

と、寿美代は爽香に念を押した。


佐藤は、ぼんやりと歩いて、それでもアパートへ帰り着いた。

冷え切った部屋が、少しも苦にならない。いや、寒さも感じないのだ。

——どうしてあんなことをしてしまったのか。佐藤自身にもよく分らなかった。

果林が、あのロケ現場にいることを、撮影所の方へ問い合せて知ったときは、行くかどうか迷った。

果林をそんな風に働かせることに怒りを覚えていたから、その現場を見たくない、と思ったのだ。

それでも、果林の姿を直接見たい、という思いには抗《こう》し切れなかった。

そして、ロケ現場で、可愛い服を身につけた果林を見たときは涙が出た。

あんなに大きくなったのか……。

見物人に隠れて見ている内、果林が堂々とカメラの前に立って、大人の役者を相手に演技している姿に感激してしまった。

怒りはどこかへ消え、周囲の人に、

「あれは俺の娘なんだ」

と言って回りたいのをこらえるのに苦労したほどだ。

——不運だったのは、たまたま果林があの女優に手を引かれて、佐藤のいる方へとやって来たことだ。

佐藤は、すぐ目の前に果林が立っているのを見て、自分が抑えられなくなったのである。

しかも、女優にサインを求めたファンがいて、果林は誰にも手を取られることもなく、そこに立っていた。

そうだ。——俺は父親なのだ。

父親が娘を連れて行って何が悪い？

当然のことじゃないか。果林のためにも、その方がいいのだ。

その勝手な理屈が、佐藤を動かした。

「畜生《ちくしよう》……」

と、頭を抱えて呻《うめ》く。
あの女が、騒ぎ立てなかったら……。
余計なことしやがって！
誘拐だと？　俺は当然の権利を行使したのだ。
誘拐でなんかあるものか！
「果林……」
どうして、もう少し頑張って走れなかったのか。もう少し、闘えなかったのか。
しかし——一旦この手の中に取り戻した娘は、再び逃げてしまった。
おそらく、二度と果林を抱くことはできないだろう。
佐藤は、冷静になるにつれ、深い絶望の底に沈んで行った。
誘拐未遂《みすい》。
仮釈放の身で、あんな騒ぎを起したのだ。——結果は、考えたくもなかった。
「何もかも終りだ！」
と、佐藤は呟いた。
そのとき、
「佐藤さん、いらっしゃる？」
と、ドアの外で声がした。

「はあ」

と、反射的に答える。

ドアが開いて、隣の早川志乃が顔を出した。

「お帰りでしたの。さっきお声をかけたんですけど」

と、中へ入って来て、「まあ寒い！　冷蔵庫みたいじゃありませんか」

と、目を丸くした。

「今帰ったばかりで」

「それにしたって……。風邪ひきますよ！　暖まるまで、うちへいらして。ホットケーキを作りますの」

「しかし……」

「どうぞ。大しておいしくないけど、ときには甘いものもいいですよ」

勧められるままに、佐藤は早川志乃の部屋に上り込んだ。

——部屋が暖い。

佐藤は、初めて自分の体がいかに固くこわばっていたか、気付いた。

あかねが絵本を開いている。

しかし、読んでいるのではなく、ページをつかんで振り回しているのだ。

「どうぞお楽に」

と、志乃が言った。「ホットケーキ、すぐ焼けますから」

「ありがとう」

「あら。――いやだ」

冷蔵庫を覗いて、志乃は額に手をやった。

「肝心のシロップがない！　困ったわ」

「買って来てあげましょうか」

「でも……。ね、そこのコンビニで買って来ますから、ちょっとこの子、見てて下さる？」

「いいですよ」

「五分もかかりませんから」

志乃は財布をつかんで、サンダルを引っかけ、部屋を出て行った。

――佐藤は、あかねが絵本を壁に向って放り投げては、嬉しそうに笑っているのを眺めていた。

何て皮肉なことだ。

アパートの隣に、自分を逮捕した河村刑事の愛人と娘が住んでいた……。

河村……。そうだ。もとはといえば、あいつのせいだ。

あいつがいなければ、俺は今も果林と暮していた。

あいつが……。

佐藤の、あかねを見る目がギラギラと光った。

俺は、いやでも「誘拐犯」にされてしまう。そして仮釈放も取り消されるだろう。

あの刑務所へ逆戻りだ。

——いやだ！　いやだ！

佐藤は激しく頭を振った。

あかねが、声を上げて笑った。


五分では終らなかった。

一旦コンビニへ入ると、色々買ってしまう。——志乃は結構重くなったビニール袋を下げてコンビニを出た。

「おい」

振り向くと、河村がやって来た。

「まあ、どうしたの？」

「今日は早く用がすんだ」

「本当？」

河村は、コンビニの買物を代って持つと、

「あかねは？」

「今、お隣の方がみえてるの。あかねも慣れてるから、ちょっと出て来たのよ」

「そうか」

アパートへ入り、志乃は小走りに、

「――ただいま」

と、ドアを開けた。

「どうした？」

「おかしいわ。――あかね」

あかねも佐藤もいない。

「お隣の奥さんが連れてったのかな」

と、河村がビニール袋を置く。

「そうね」

志乃は急いで隣へ行った。「佐藤さん？」

ドアは開いていたが、中は人気《ひとけ》がない。

「いないのか」

「ええ……。男の人の一人暮しなの。いい人なのよ」

「佐藤っていうのか」

河村は部屋の中を見回した。

「佐藤真悟さんっていうの。奥さんに逃げられて——」

「佐藤真悟だって？」

河村の顔が真青《まつさお》になっていた。

15 迷い

「もう、みっともない……」

爽香は、車から降りて、ブツブツ言いながらビルの中へ入って行った。

「医者の指示には従うもんです」

と、麻生は車椅子を押しながら言った。

「人が見たら、何ごとかと思うじゃないの」

爽香はすっかりむくれている。

——南寿美代の娘、果林を、連れ去ろうとした父親から奪い返したとき、裸足で道を駆けていて、足の裏を何か所か切っていた。

その治療をしてもらったのだが、足に包帯を巻いているので、

「今日一日だけ」

と、車椅子に乗るよう言われてしまった。

ちゃんと傷口の消毒もしてもらったし、化膿《かのう》止《ど》めの抗生物質ももらって来た。それでも、

「また出血したら、治りが遅くなりますよ」

と、おどされて、爽香も渋々《しぶしぶ》車椅子に乗るのを承知したのだった。

ビルのロビーを車椅子で横切る。

こんなときでも、爽香は、視点が低くなると、同じ場所がずいぶん違って見えると気付いて、〈レインボー・プロジェクト〉のマンションも、「車椅子の視点」を考えるべきだわ、と考えているのだった……。

エレベーターが下りて来て、扉が開くと、荻原里美が飛び出して来た。

「里美ちゃん、どうしたの？」

と、爽香がびっくりして訊くと、

「爽香さん！　大丈夫なんですか？」

と、里美が深刻な表情で訊く。

「大したけがじゃないのに、医者が今日一日だけ、傷口をそっとしとけって言うから」

「じゃ、そんな重傷じゃなかったんですね！　良かった！」

と、里美は胸をなで下ろし、爽香の車椅子の傍にしゃがみ込んでしまった。

「ちょっと——。どうしたっていうの？」

爽香が面食らっていると、

「だって、知らせが入って来て……。爽香さんが事故に遭って、重傷を……」

「何ですって？　誰がそんな話を――」

「知りませんけど、社内で大騒ぎしてます」

「冗談じゃない！　今夜だって、帰れないわよ。約束を待ってもらってる相手が十人もいる」

少しオーバーに言って、「麻生君、私の靴！」

と、車椅子から立って、

「早くちょうだい！」

「どうするんです？」

「いいから、ちょうだい」

「はあ……」

麻生が、紙袋に入れておいた爽香の靴を取り出すと、

「ちょっと肩を貸して」

と、里美の肩につかまって、靴をはいた。

「チーフ――」

「大丈夫。そっと歩くわよ。車椅子じゃ、お客様がびっくりするわ」

麻生も、爽香がこう言い出したら、気が変るわけがないと分っている。

「車椅子、どうしますかね？」

と、麻生は言った。「〈飛脚ちゃん〉、乗るかい？」

——爽香には、考えがあってのことだった。

田端真保が入院しており、そこへ爽香が重傷を負ったとなれば、〈レインボー・プロジェクト〉に反対している社内の勢力にとって、格好の口実を与えることになる。

ここは、何としても爽香が「ピンピンしている」ところを見せなくてはならないと思ったのだ。

エレベーターで上って、いつものオフィスへ入って行くと、

「あ、大丈夫なんですか?」

「杉原さん!　入院なさったんじゃ?」

と、次々に声をかけられ、

「水虫程度よ」

と、爽香は包帯した足を指して見せた。「麻生君、予定表見せて」

「はい」

爽香は席につくと、差し当り打合せを急ぐ業者へと自ら電話を入れて、約束の時刻を確認した。

何があろうと、〈レインボー・プロジェクト〉は予定通り進めるのだ。

「チーフ、お帰りなさい」

「不死身ですものね、チーフは」

部下は喜んでくれた。「不死身」というのは、少し引っかかったが……。

必要な連絡をひと通りすませると、爽香は、

「麻生君」

と、手招きした。

「はい！」

麻生が勢いよく飛んで来る。

「――寿美代さんに連絡した？」

と、爽香は少し小声で言った。

「あ……。いえ、あの後は、特に」

麻生がたちまち真赤《まつか》になる。

爽香はちょっと笑って、

「そんなんじゃ、すぐばれちゃうわよ」

と言った。「連絡してあげなさい。心細いわよ、きっと」

「ありがとうございます」

麻生は上着のポケットからケータイを取り出しながら、いそいそとエレベーターホールへと出て行く。

あれじゃ、後姿だけでも、「ただいま恋愛中！」とプラカードを持って歩いているようだ。

どうやら、麻生の方は本気らしい。特に、今日のような事件があり、麻生がその場に居合せて、彼女の子供を取り返したのだ。

相手の女性——南寿美代の麻生への気持が今日の事件で、はっきりしたことは間違いないだろう。

今度の一件が落ちついたら、麻生が正式に果林の父親になる日は遠くないかもしれない。

「——爽香さん」

里美がやって来た。

「ああ、どうしたの?」

「今日の活躍のことも、今聞きましたよ!」

「全くもう……。誰がしゃべるんだろう」

「でも、気を付けて下さいね。私にとって、爽香さんは、恩人で、上役で、姉で母親なんですから」

「ちょっと。そんなに何役もやらせないでよ!」

と、爽香は苦笑して言った。

「だって、本当ですよ。命、大切にして下さいね」

「大げさよ」

「そんなことないですよ! 女の子をさらって行こうとした人、父親だったんでしょ? 爽香さん、追いかけるのはいいけど、もしその人が刃物でも持ってたら？」

里美の口調は真剣そのものだ。

「そうね……。そこまでは考えなかった」

確かに、里美の言うことも一理ある。

「だめですよ。爽香さんだけの体じゃないんですから。明男さんも私も、他にも一杯の人が、爽香さんを頼りにしてるんですよ」

それも困っちゃうんだけどね……。

もちろん、爽香はそうは口に出さなかったが、「私だって頼りたくなる時があるんだけどね」と、心の中で呟いたのである。

「そういえば、一郎ちゃん、この間風邪ひいてたんじゃなかった？　もう元気になったの？」

「はい、もうすっかり。——話そらしちゃだめ」

と、里美が笑って言った。「あ、そうだ。麻生さん、彼女ができたって、本当ですか？」

「まあ、どうして知ってるの？」

「あ、やっぱり本当だったんだ！　ここんとこ、お昼休みによく出るんです、その話が」

里美が年上のＯＬたちに混《まじ》って、人の色恋の話をしているところを想像すると、おかしかった。

「でも、まだそっとしておいてあげて。結構難しい状況なの」

「え？　じゃ、麻生さんの彼女って人妻ですか？」

「里美ちゃん、中年のおじさんみたいな言い方、だめよ」

と、爽香はたしなめた。「ここだけの話だけど——今日、私が助けた子の母親が、麻生君の恋人」

「わあ、凄い！　——波乱ありそうですね、まだ」

「里美ちゃん、どうなの？」

と、爽香が訊く。

「どう、って？」

「彼氏、できたかな、と思って。あなただって、もう十八じゃないの」

「あ、逆襲だ」

と、里美は肩をすくめて、「どうせもてませんから」

「そんなこと、言ってないわよ」

「だって、あんなチビを置いて、デートなんかできませんよ。それに、もう気分は母親なんです。一郎が一人前にならないと、結婚なんて——」

「考え過ぎよ！　結婚の前に、ボーイフレンドの一人や二人、作りなさいって言ってるの」

忙しい中、里美とのこんな対話が息抜きになって楽しい。

「じゃ、私が駆け落ちするときは、一郎を預かって下さいね」

「ちょっと！　どうしてそういうことになるのよ」

と、爽香が苦笑する。

そのとき、爽香のケータイが鳴った。

「河村さんだわ。――もしもし」

と、爽香が出ると、里美も近くへ寄って来る。

里美も、母親が殺されたとき、ずいぶん河村に世話になっているのだ。

爽香が、意外そうな表情になった。

「――ああ、志乃さん。――ええ、河村さんからかと思って……。もしもし？　志乃さん、どうしたんですか？」

爽香は少し声を低めて、「志乃さん、落ちついて！　河村さんはそこにいるんですか？」

ただごとではない。

爽香も、かけて来た早川志乃が涙声で、はっきり話ができないのは普通ではないと察した。

「――ええ、聞いています。――そんな！」

爽香の顔から血の気がひいた。

見ていた里美も、思わず机の上に身をのり出した。

「爽香さん、お願い。あの人に言ってやって。警察に通報しないで、って」

志乃の口調には必死の思いがにじんでいた。

「待って下さい」

と、爽香は言った。「志乃さん。今、ここは会社の中なんです。話が聞こえてしまいますから。——人のいない所へ行って、こっちからかけます。少し待ってて下さい。いいですね？」

「ええ。ごめんなさい。突然こんなことで——」

「いえ、大変だということはよく分っています。少し待って下さい」

「ええ。でも急いでね。お願いですから」

爽香は通話を切った。

「——どうしたんですか？」

里美が心配そうに訊く。

「とんでもないことになったわ」

爽香は、少し考えて、スタッフの男性を呼んだ。「——悪いけど、今日の打合せ、全部キャンセルして」

「え？　でも——」

「私が急病で入院したと言って。それぐらいしか言いようがないものね」

「じゃ、変更もできませんね」

「二、三日で退院する予定ですと言って。私からメールか電話を入れると」

「分りました……」

爽香は立ち上って、

「里美ちゃん、一緒に来て」

と、ケータイを手に、足早にオフィスを出た。

空いた会議室に入ると、

「ドアを閉めて」

と、里美へ言った。

「どうしたんですか？」

里美はドアを閉めると、椅子に座り込んで考え込んでいる爽香の方へやって来た。

「――河村さんの子が誘拐されたの」

「え？」

里美が愕然《がくぜん》として、「河村さんの……」

「早川志乃さんとの子。あかねちゃんっていうの」

「ああ……。学校の先生だった人ですね、志乃さんって」

「そう。――でも、どうしたらいいって訊かれても……」

「警察には？」

「それなのよ。志乃さんは、あかねちゃんの安全が第一だから、通報したくない。でも河村さんは警官だものね」

「そうですね」

「志乃さんは、私に河村さんを説得してくれって頼んで来たの。警察へ届けない方がいいと言ってやってくれ、と……」

里美は首を振って、

「どうするんですか、爽香さん?」

「分らないわ。どういう結果になるかが大切ですものね。――私が選ぶことなんてできない」

「そうですね。やっぱり河村さんが決めるしかないですよ」

「でも、志乃さんは私だけを頼って来てる……」

爽香の手にしたケータイが鳴った。見ると、公衆電話からだ。

「――もしもし、河村さん?」

「爽香君。志乃から君に――」

「今、電話をもらいました」

「迷惑かけてすまない」

河村の声は苦渋《くじゆう》に満ちて響いた。

「河村さん、誘拐に間違いないんですか? 脅迫状とか電話とかあったんですか、犯人から」

「いや、それはまだない。だけど、まず間違いない。僕が逮捕した男が出所して来て、志乃のアパートの隣の部屋に入居してたんだ。その男があかねを連れて行った」

「河村さん、気が付かなかったんですね」

「そうなんだ。〈佐藤〉っていう姓だったんでね。まさか……」

「佐藤……。名は？」

「佐藤真悟という男だ」

「佐藤真悟？」

「――爽香君、心当りが？」

「待って下さい」

爽香は混乱していた。

佐藤真悟。――あの南寿美代の元の夫も、そういう名前だった。

偶然ではない。

「河村さん。私、すぐ志乃さんのアパートへ行きます。待ってて下さい」

と、爽香は言った。

16 細い糸

「つまり――」

と、河村は言った。「佐藤がこの隣の部屋を借りてたのは、偶然だったっていうのかい？」

「信じられないようなことですけど、たぶん……」

と、爽香は肯いた。「今日、佐藤は自分の子を連れ去ろうとして失敗しました。このアパートへ戻ったところへ、志乃さんが訪ねて行ったんでしょう」

――早川志乃のアパート。

目を真赤に泣きはらした志乃は、爽香の話を厳しい顔で聞いていた。

「佐藤にしてみれば、絶望的な状況です。仮釈放中に、あんな騒ぎを起したんですから、当然仮釈放も取り消されて、刑務所へ逆戻りです。途方《とほう》に暮れているとき、志乃さんに誘われて、この部屋へ来た……」

「私は――私はあの子とその男を二人きりにして、呑気に買物へ出たんだわ」

志乃がまたすすり泣く。

「落ちつけ。君にそんなことまで分るはずがない」

河村は志乃を慰めたが、それで志乃の気持が軽くなるわけもない。

「落ちついて考えましょう」

と、爽香は言った。「佐藤が今日、ロケ現場で、自分の娘を連れ去ろうとしたのは、突然の思い付きだったと思います。——私が栗崎さんとあの子と一緒に入ろうとしたパーラーの入口のすぐそばに、佐藤がたまたま立っていたんです」

「計画的じゃなかった、ってことだな」

「そのつもりなら、あんなに人目のある所でやらないと思います」

「あかねちゃんを連れて行ったのも、たぶんたまたまここに二人で残されて、ふっと思い付いたことでしょう。連れて行ってどうするという考えはなかったと思います」

「うん……。ということは——」

爽香は、ふと思い付いて、「佐藤は、志乃さんがすぐに戻って来ると思っていたでしょう。お金を持っていたでしょうか？」

河村は、志乃と目を見交わし、

「調べてくる」

と、立ち上った。「君はここにいろ。電話があるかもしれない」

「私も行きます」

爽香は、荻原里美を連れて来ていた。

里美自身が、

「河村さんの役に立てることがあれば」

と言って、ついて来たのである。

「里美ちゃん、もし佐藤から電話があったら、すぐ隣へ呼びに来て」

「分りました」

爽香は河村について隣の佐藤の部屋へ行った。

寒々《さむざむ》とした部屋の中で、手早く引出しの中を覗く。

「——現金が二万円あります」

と、爽香は封筒の中を見て言った。「他に預金通帳。たぶん、何も持たずに出ていますね」

河村は畳の上にドカッと座り込むと、

「どうしたらいいんだ。——あかねのことはもちろん可愛い。だけど、一切《いっさい》を隠して、その結果が万一……」

「それは私には決められません。河村さんが決心するしか……」

「うん、そうだな」

と、河村は肯いた。

「佐藤が身を隠すような場所があるかどうか……。その果林ちゃんという子とお母さんの住んでいるアパートも、行ってみた方がいいかもしれません」

「分った。誰かに行かせよう。——我々だけでは、とても対処できない」

しかし、爽香にも、志乃の心配はよく分った。

これで河村が通報すれば、捜査の権限は誘拐事件担当の刑事たちに移る。河村が刑事だということは、もちろん考慮されるだろうが、河村が捜査の方法を指示することはできない。

組織というものは、一旦動き出したら、個人の意志とは関係ないところですべてが決っていくものだ。

現実に、誘拐事件で、身代金の受け渡しのとき、張り込んだ刑事が犯人を取り逃すことはよくある。親として、志乃が不安を訴えるのは当然とも言えた。

河村が先に志乃の所へ戻り、爽香は佐藤の部屋の中を見回した。

そして、ふと思い付くと、ケータイで麻生へかけた。

「——あ、チーフ。どうしたんですか？」

「何も言わずに出ちゃってごめん。ね、あの南寿美代さんのケータイの番号教えてくれない？」

「彼女のですか。いいですけど——」

「至急、連絡したいことがあるの。君には後で説明する」

「分りました」

麻生から聞いた番号へ、爽香はすぐにかけてみた。

「——もしもし。杉原爽香です」

と、名のると、向うはホッとした様子で、

「今日はありがとうございました」

「いいえ。果林ちゃんは大丈夫ですか？」

「ええ。ルームサービスで食事したら、眠ってしまいました」

「今はホテルに？」

「はい。Sホテルに監督が部屋を取って下さって」

「寿美代さん。実はあの後、とんでもないことになって」

「え？」

爽香が手短かに事情を話すと、

「——まあ！　佐藤がそんなことを……」

「今二歳の子どもですから、連れて歩くといっても大変だと思うんです。どこか、佐藤が立ち回りそうな所って、思い当りませんか」

「さあ……。お友だちも少なくて。それに刑務所へ入ってからは、誰も係《かかわ》りを持ちたがらなかったと思います」

「そうでしょうね」

「あの——何か私でお役に立てることが？」

「あなたは、果林ちゃんを気を付けてあげて下さい。何かあれば連絡します」

「よろしく」

と言って、寿美代は、「杉原さん——」

「何か？」

「佐藤は——子供にはやさしい人です。たぶん……無責任かもしれませんけど、そのお子さんにも、ひどいことなどはしないと思います」

「ありがとう。母親へ伝えます」

と、爽香は言って、通話を切った。

そのときドアが開いて、里美が、

「爽香さん！　来て下さい！」

と叫んだ。

訊くより早い。爽香は廊下へ飛び出して、志乃の部屋へと駆け込んだ。

そして、思わず立ちすくんだ。

——志乃が鋭い包丁を手に、青ざめた険《けわ》しい顔で立っている。

河村が畳に尻もちをついた格好で座っていた。畳の上にケータイが落ちていて、河村の左手の甲から血がしたたり落ちていた。

「——志乃さん」

「通報させないわ！」

と、志乃が叫ぶように言った。「あの子が殺される！　この人はそれでも通報しようとしたのよ」

「それは違う！　志乃、聞いてくれ」

「いいえ！　絶対に通報させない」

と、志乃は強く首を振った。「もし、どうしても通報するって言うのなら、私を殺してからにして！」

「何を言うんだ。——説明しただろう。ここで佐藤の連絡を待つだけじゃ、あかねは取り戻せない」

「どうして、そんなことがあなたに分るの？」

と、志乃が鋭く問いかけた。

「いや、もちろん僕だって、この先どうなるのか分るわけじゃない。しかし、今は一番いいと思う方法を取るしかないじゃないか」

「通報すれば、あの子を救うより、犯人を捕まえることの方が優先されるわ」

「志乃。僕がそんなことはさせないよ」

「いいえ」

志乃は首を振って、「あなたも刑事じゃないの。上の命令に逆らえないわ。そんなことであかねを死なせてたまるもんですか！」

「志乃……。僕にとっても、あかねは可愛い我が子だ。決してそんなことは――」

「あなた」

と、志乃が遮って、「私の質問に答えて」

「何だ？」

「もし――爽子ちゃんか達郎ちゃんが誘拐されたとしたら、それでも通報する？」

その問いは、河村にとっても、想像しないものだったろう。

そんな状況に置かれた自分を、考えてもいなかったに違いない。

しかし――爽香は、返事をするまでのわずかな「間《ま》」が、河村の中の「ためらい」に思えただろうということ、志乃にとっては、それは「妻」と「愛人」との間の埋めようのない溝《みぞ》そのものに思えたに違いないと感じた。

「――もちろんだ」

と、河村は言ったが、遅かった。

志乃は、河村の見せた、わずかな「ためらい」を見逃さなかった。

「あなたにとって、爽子ちゃんと達郎ちゃんは、あかねとは違うのよ」

「馬鹿を言うな！」

「いいえ。——そうなのよ。奥さんと私が違うように、あかねは『別の子』なんだわ」

「志乃……」

——重苦しい時間が流れた。

爽香も、河村と志乃との二人の問題の中へと立ち入って行くことはできなかった。

そのとき——電話が鳴った。

ケータイではなく、この部屋の電話が。

志乃も河村も一瞬息をのんだ。

爽香が部屋へ上ると、

「志乃さんが出て」

と言った。「他の人間じゃ、向うが切ってしまうかもしれません」

「分りました」

志乃は包丁を投げ捨てると、電話へと駆け寄った。

「——はい。——もしもし？——もしもし？」

爽香がそっと志乃の傍に膝をつき、受話器に耳を寄せた。

「奥さんですね」

「佐藤さん……」

「あかねちゃんは元気だ。ご心配なく」

「佐藤さん、あなた……」

「すみませんね。色々親切にしてもらったのに、こんなことになって。――河村さんから聞きましたか」

「ええ」

「じゃ、お分りですね。俺は娘を取り戻したい。それだけです」

「あかねには何の罪もないでしょ」

「もちろんです。――俺の娘を……。果林を返してほしい。あかねちゃんは、果林と引き換えにお返しします」

佐藤は静かな口調でそう言った。

17　闘争

佐藤からの電話が切れた後、アパートの部屋は一段と重苦しい空気に包まれた。

あかねを果林と引き換える。——佐藤の要求は、無茶なものだった。

それは爽香だけでなく、河村も志乃も承知していたはずだ。しかし、いくら「無茶だ」と言っても、佐藤には届かないのである。

「——いっそ、金を要求して来たのなら」

と、河村は首を振って言った。「いくらだって用意してやるのに」

「文句を言っても始まらないわ」

と言ったのは、志乃だった。

「何とかしなきゃ」

「ああ。——ともかく少し落ちつこう。佐藤が、僕に仕返ししたいわけじゃないのは確かだろう。それだけでも分って良かった」

「何も良くなんかないわ」

と、志乃が言った。「どうやって、その果林という子を借りて来るか、考えて」

河村は一瞬、当惑顔で志乃を見た。

「志乃。——まさか、本当に佐藤の娘とあかねを交換しようと思ってるのか？」

「私が思ってるわけじゃないわ。向うがそう言って来てるのよ」

「ああ、もちろんだ。しかし、そんなこと、できるわけがないだろう」

志乃は河村をにらんで、

「あなた、あかねを助ける気があるの？」

と、叩きつけるように言った。

「志乃……。君だって分るだろう。できることとできないことがある」

だが、志乃はもう河村の言葉を受け付けなくなっていた。

「じゃ、どうやってあかねを取り戻すつもり？」

「それを考えてるんじゃないか！」

河村は怒鳴った。

里美が見かねたように、

「河村さん。お願い、志乃さんを怒らないで」

と、河村の腕に手をかけた。

「怒っちゃいない。ただ——僕だって苦しんでるんだ」

「分ります。でも、もし私だったら――もし一郎が誘拐でもされたら、助けるために、どんなことだってするもの、きっと」

里美のような少女がそう言ったことで、却って志乃は少し冷静になったようだった。

「ありがとう、里美ちゃん。――自分ではどうすることもできない。そのことが辛いの。あかねに申しわけないの」

志乃は、自分があかねを佐藤と二人きりにしてしまった、という思いに責められ続けているのだ。

爽香にもその気持はよく分ったが、「あなたのせいじゃありません」と言ったところで、志乃にとって、何の慰めにもならないことも分っている。

事件の原因といえば、爽香自身も全く関係ないわけではない。

佐藤が果林を連れ去るのを防いだのは、他ならぬ爽香である。佐藤はその挫折感《ざせつかん》から、あかねを連れ去ることを考えたのだ。

「――ともかく」

と、河村がやっと口を開いた。「佐藤は今夜十時に電話して来ると言ったんだ。そのときまでに何とか考えないと」

――夜十時に電話して来て、あかねと果林を引き換える場所と時間を指定する。

それが佐藤の言葉だった。

「志乃、頼む」

河村は畳に手をついた。「時間がない。佐藤の立ち回りそうな場所を当るには、警察の力を借りなくちゃ無理だ」

「その話はすんだはずよ」

と、志乃は突っぱねた。「それより、その果林って子がどこにいるか、調べて。その方が早いわ」

——爽香は、南寿美代と果林の親子がどこに泊っているか、知っている。

しかし、果林を連れて行くことなど、寿美代が拒《こば》むに決っている。

「——分った」

河村は息をついて、「隣の部屋をもう一度調べてくる。何か、佐藤の隠れている場所の手がかりがあるかもしれない」

と立ち上った。

河村が出て行くと、志乃は爽香の方へ、

「迷惑かけてごめんなさい」

と、頭を下げた。

「いいえ。——河村さんも苦しんでます。分ってあげて」

志乃は目を伏せて、

「分っています。でも――やはり警察の手は借りたくない。あの人が望んでいるようには動いてくれないわ、きっと」

志乃は立ち上って、「お茶くらいいれましょうね」

と、台所へ行った。

何かしている方が、気が紛れていいのだ。

爽香は、佐藤がどこにいるか、南寿美代に会って訊いてみようかと思った。――佐藤も、まだ二歳でオムツも取れないあかねを、あまり連れ回すことはしないだろう。

十時に電話して来るということは、今夜中にあかねと果林を交換したいと思っているのだ。

しかし、佐藤がどこを指定してくるか、見当もつかない状況では、捜すといってもあまりに漠然としている。

「――爽香さん」

里美がお茶を飲んでから、小声で言った。

「里美ちゃん、あなた、一郎君のお迎えがあるでしょ」

と、爽香は言った。「あなたはもう行って」

「――すみません」

里美は頭を下げた。

「そうだったわね。ごめんなさい」

と、志乃が気付いた様子で、「わざわざ来てくれてありがとう」

「いえ……。あかねちゃん、きっと無事に戻りますよ」

里美は、志乃の部屋を出た。

階段を下りようとすると、爽香が追って出て来た。

「――里美ちゃん、何か言いたいことがあったんじゃないの？」

と、爽香は言った。

「何だか――とんでもないこと考えたんです」

と、里美は言った。

「言ってみて」

「果林ちゃんって、いくつですか」

「確か、六歳よ」

「六歳。そうですか」

「それがどうしたの？」

「いえ……。河村さんには、ずいぶん助けていただいたし、何かお礼ができないかと思って……。一郎が四つでしょ。一郎に女の子の格好させて行ったら、夜、暗い所なら気が付かないかも……」

さすがに爽香もびっくりした。

「里美ちゃん……。そんなこと、だめよ！　一郎君が危険な目にあったら大変でしょ。心配してくれるのは嬉しいけどね」

「はい」

「ありがとう。——河村さんも喜ぶわ」

「もし、本当にそれしか方法がなくなったら言って下さい」

「ええ、そうするわ」

爽香は、アパートから表の通りへ出て、足早に帰って行く里美を見送った。

里美は、母親を殺され、まだ赤ん坊の弟と取り残されたとき、河村が母親の葬儀の手配など一切をしてくれたので、恩に感じているのだ。

爽香は、里美らしい気のつかい方に、思わず微笑んで、

「あの子、本当に私とよく似てる……」

と呟いた。

そして、アパートの中へ入ろうとして、爽香は振り向いた。

車が三台ほど続けてやって来ると、アパートの正面に寄せて停った。

次々に降りて来る男たち。——刑事だ。

「ご苦労さま」

河村が下りて来ていた。「河村です」

「部屋は？」

「二階です。一緒に行きましょう。母親はかなり興奮しているので……」

「任せて下さい。慣れていますから。逆探知装置は電話に──」

「大丈夫だと思います」

河村は先に立って階段を上って行く。

爽香は、河村がわざとこっちを見ないでいたのに気付いた。

隣の佐藤の部屋から、河村は通報したのだ。──志乃にとってはショックだろう。

気は重かったが、爽香も刑事たちに続いて階段を上って行った。

今にも、志乃の叫ぶ声が聞こえてくるかと覚悟していたが──部屋は静かだった。

却って無気味でもある。

爽香はそっと玄関のドアを開けて、中を覗き込んだ。

刑事たちが電話のコードを抜いて、持って来た装置につないでいる。てきぱきと動く刑事たちの姿は、いかにも「決った手順」に従っているように見えた。

河村は部屋の隅に、腕組みをして立っている。──爽香は、志乃を捜した。

志乃は台所の流しの前に小さな椅子を置いて、そこに腰かけていた。

表情がない。怒りも恨みも見えなかった。

おそらく無力感が志乃を押し潰しそうになっているのだ。

爽香も、今の志乃に、どう言葉をかけていいか、分らなかった。

刑事の一人が爽香に気付いて、

「誰だ？　何してる？」

と、咎《とが》め立てするように言った。

河村がすぐに、

「知人です。よく分っているので――」

と言いかけたが、刑事は、

「部外者にいられちゃ困るんだ。帰って！」

と、爽香を廊下へ押し出した。

「待って下さい」

河村が急いでやって来ると、「その人にはいてもらった方が――。母親とも親しいので」

「ここは任せて下さい」

と、刑事は河村に言うと、「邪魔になるから、帰って！」

爽香は河村へ、

「何かあれば連絡して下さい」

と言って、「志乃さんにも――」

ドアが目の前でバタンと閉じられてしまった。

玄関の中で、刑事が、

「関係ない人間にいられると、余計なことをマスコミにしゃべられるんで困るんですよ」

と、河村に言っているのが聞こえてくる。

爽香には、この様子を見た志乃が、「言った通りでしょ」という目で河村を見ているのが想像できた。

今の河村は、当事者ではあるが、捜査に関しては何の権限も持っていないのだ。

「それで、身代金《みのしろきん》の要求は?」

という刑事の声を背に、爽香は、志乃のアパートを後にした。

18 銃口

「子供をさらった？」

上野は、そう言ったきり、しばらく黙り込んでいた。

寿美代は受話器を手に、ベッドで寝ている果林の布団を直してやった。

上野が電話の向うでため息をつくのが伝わって来た。

「とんでもないことをやらかしたな」

「でも、その子のお母さんには申しわけないけど、果林が連れて行かれなくて、本当に良かったと思ってます」

「ああ、そりゃそうだよ。——佐藤の奴も、自分で自分がコントロールできないんだな。少しでも冷静に考えりゃ、果林ちゃんを連れてったって、どうしようもないことぐらい、分りそうなもんだ」

「果林もショックだったと思うんですけど、でも、今はぐっすり眠ってます」

「用心しなよ。知らせてくれてありがとう」

「いえ……。でも、佐藤はこれで捕まったら――」

「仮釈放の取り消しどころじゃない。よその子を誘拐したとなったら……」

「あの人、やけになって、とんでもないことをするでしょうか」

「分らないが……。逮捕されるより、死のうと思い詰めることはあるかもしれないな」

「でも、私、どうしてあげることも……」

「そうだとも。君は果林ちゃんのことだけ心配してればいいんだよ」

と、上野は言って、「佐藤がどこにいるか、心当りはあるのかい？」

寿美代は少し迷った。

「あの……つい、今思い付いたんです」

「話してみてくれ」

「あの人、私と付合う前に、バーのホステスさんの所で寝起きしてたことがあるんです。――小さい子供がいて、そのホステスさんがいない間、あの人よくその子の相手をしてたって。――あの人、子供好きですから」

「なるほど」

「今、あの人、二つの子を連れて歩いてるってことですから。もしかすると、その人の所に……。子供を連れて行っても、迷惑がられないと思って」

「その可能性はあるな。どこの店だか分るかい？」

「池袋西口の〈K〉っていうお店の人で、確か『ナナ』さんっていったと思います。まだそこにいるかどうか分りませんけど」

「〈K〉の『ナナ』だね」

と、上野が言った。「分った。行ってみよう。どうだか分らないが」

「すみません」

「後は任せな。果林ちゃんがスターになったら、サインをもらいに行くぜ」

寿美代はちょっと笑って、

「一枚いくらで売ろうかしら。サイン色紙でも」

と言った……。

——電話を切って、寿美代は肩の荷が下りた気がした。

上野へ連絡して、「後は任せな」と言われたことで、自分の責任は果した、と感じたのだ。

あのホステスのことは、本当につい今思い出したのだった。

あの杉原爽香さんに知らせるべきだったのかもしれない。

しかし、ことが警察に絡んでくるのは避けたかった。——特に、刑事の娘を佐藤がさらったとなると、マスコミが大騒ぎになることも考えられる。

今、果林が子役として飛び立とうとしているときに、その父親が誘拐事件？

「いいえ。私たちには関係ないわ」

寿美代は、ホテルの広いベッドに横になって、果林の寝顔を眺めた。

この子のため。——そうよ。この子のためにも、黙っているべきなんだわ。

上野がうまくやってくれるだろう。

きっと……。

寿美代は、いつしかウトウトしていた。


上野は、空車を見付けて手を上げた。

「——池袋の西口へやってくれ」

と、乗り込みながら言った。

「詰めてくれ」

中川が乗って来た。

上野が呆然としている間に、タクシーは走り出した。

中川は微笑んで、

「いい話があるんだろ？　そういうときは、ちゃんと声をかけてくれよ」

と言った。

上野は、この得体《えたい》の知れない男が、まるで凍るように冷たい息を吐くのを感じた気がした。

「——隠してたわけじゃない。確かめてからと思って」

と、上野は言った。

「確かめるのも俺がやるよ」

「待ってくれ。当人に会えるかどうか分らないんだ」

「聞かせてもらおう」

上野は、この男に逆らえば殺される、と直観した。

「佐藤が昔付合ってたホステスに会いに行くんだ」

上野はそれ以上言わなかった。

運転手に聞かれたら困る話だ。——中川も察したらしい。

「じゃ、そのホステスとの話は任せる」

と肯いて、「もし、確かにいるのなら、後はこっちでやる」

「分った」

上野は口をつぐんだ。

中川は口もとに笑みを浮かべたまま、口笛を吹き始めた。上野も聞いたことのある、きれいなメロディだ。

——タクシーを降りて、捜すのに十分とかからなかった。

「ここだ。まだそのホステスがいるかどうか……」

中川はコートのポケットへ手を突っ込んで、「いたら連れ出して来い」

と言った。

「分った」

上野は〈K〉のドアを開けた。

――五分足らずで、上野は若いホステスを連れて外へ出て来た。

「今の話、こいつにもう一度してやってくれ」

と、ホステスへ言う。

「ナナさんのこと？　さっき電話があって、急いで帰っちゃった」

「男からか？」

「ええ。何でも、古い知り合いだって言ってたけど」

「ナナの住いは？」

「この近くのアパートよ」

「どこだ？」

ホステスの説明は大ざっぱだった。

「――私も一回しか行ったことないから、よく憶えてないわ」

「電話番号は？」

と、肩をすくめる。

「ケータイなら……」

「聞こう」

「待って」

ホステスが自分のケータイを取り出して、「――この番号」

中川はちょっと見て、

「分った。世話かけたな」

と言った。「払ったのか？」

「何も飲んでない」

と、上野が言うと、

「それはいけないよ。礼儀に反してる」

中川は札入れから一万円を抜いて、ホステスに握らせた。

「悪いわね」

「今度は客で来る」

中川は、どこか奇妙に女をひきつけるものを持っていた。

――ホステスの曖昧な説明で、そのアパートを見付けるのは簡単ではなかったが、それでも上野は土地鑑《かん》が働く。

二十分ほどで捜し当てた。

「――これらしいな」

中川は、玄関のドアの前に立って、「呼んでみろ」

上野は、チャイムのボタンへ手を伸しかけて止め、

「佐藤は刑事の子供をさらった」

と言った。「その子供が一緒にいるかもしれないんだ」

中川は眉一つ動かさなかった。

「呼べ」

と命じて、傍《かたわら》へさがる。

上野はチャイムを鳴らした。

少しして、ドアが開いた。

十歳ぐらいの女の子が、ふしぎそうな顔で立っていた。ナナの子だろう。

「ママは？」

女の子が答える前に、当のナナが出て来た。

「――どなた？」

「佐藤のことで」

上野の言葉に、ナナはちょっと眉をひそめた。

「中においで」

と、子供を奥へやると、廊下へ出て来た。「佐藤の知り合い？」

「まあね。いるのか？」

「さっき出てったよ」

「どこへ？」

「さあ……。もう昔の男だからね」

中川がフラリと寄って来て、

「わざわざ店から帰ったんだ。何かあったんだろ？」

と言った。

「私は何も知らないよ——」

ナナは目の前に突きつけられた銃口に、青ざめた。

「どこへ行った？」

「この辺に……公園はないか、って訊くから、駅の近くに、あんまり人の通らない公園があるって教えたけど……」

「どこだ？」

「その道をずっと真直ぐ行くと——駅への近道なの。その途中に、小さい公園が……」

「分った」

中川は拳銃を納めた。

「奴は小さい子を連れてたか？」

と、上野は訊いた。

「うちでオムツを替えて、ミルクを飲ませたけど」

「そうか。連れて行ったんだな」

「ええ」

「行こう」

と、中川は上野を促《うなが》した。

そして、ナナの方へ、

「忘れろよ、何もかも。佐藤のことも、全部だ」

と言い含めた。

ナナは黙って肯いた。


ドアをノックする音で、寿美代はハッと目をさました。

佐藤だ！——一瞬ヒヤッとしたが、ここはホテルだと思い出した。

ドアの所へ行って、スコープから覗くと、杉原爽香が立っていた。

ドアを開けて、

「まあ、どうも……」

「突然すみません。——果林ちゃんは？」

「寝ています」

と言って、寿美代は、「私も居眠りしてたんで……」

と、あわてて髪を直した。

爽香は中へ入ると、果林の寝顔を見下ろした。

「いいなあ。——こんな風にはもう眠れませんね、大人は」

「あの、おけがは？」

「ああ、足ですか？　もう大丈夫」

と、爽香は言った。

「佐藤は……」

「どうなってるか分らないんです」

爽香は首を振って、「無事に子供を返してくれるといいんですけど」

「ご心配ですね」

寿美代はソファにかけて、「お役に立てなくて申しわけありません」

「いいえ。——もう、時間からいうと、連絡が来ていると思うんですけど」

爽香は腕時計を見た。

「あの人は、もう私の言うことなんか聞きません」

「寿美代さん。佐藤がどこにいるか、知っている人がいるとしたら、あなただけなんです。何か思い出されたことはありませんか」

正面切って訊かれると、寿美代もつい目をそらしてしまう。

「——何かご存知なんですね」

「いえ……」

と、口ごもる。

爽香のケータイが鳴った。

「失礼します。——もしもし」

「爽香さん？」

志乃の声は震えていた。

「連絡がありましたか？」

「つい今しがた。池袋の西口にある小さな公園だって」

「小さな公園ですか……」

「今、手配に出て行ったわ。刑事が大勢張り込んでいる所へ、佐藤がやって来るかしら？」

「分りません」

「お願い！　あの子を道連れに死なれたりしたら……。私にはどうにもできない……」

「河村さんは？」

「行ったわ」

爽香は少し迷ったが、志乃を突っぱねるわけにもいかなかった。

「分りました。私も行ってみます」

と、爽香は言った。

19 包囲

爽香は通話を切ると、

「寿美代さん」

と、座り直した。「何か知っていたら教えて下さい。お願いです」

「でも、連絡があったんでしょう?」

「池袋の西口の小さな公園っていうだけじゃ捜しようがありません。私が訊いても、警察は教えてくれないし」

寿美代は迷った。

「もし――この事件で、果林が映画からおろされたら……」

爽香にも、寿美代の心配がやっと分った。

「そんなことがないように、栗崎さんにも話をします。大丈夫ですよ」

「すみません。身勝手だと思われるでしょうね」

「いいえ、母親なら当然のことです」

「分りました。——隠していたわけじゃないんです。ついさっき思い出して。池袋といいましたね。じゃ、やっぱり佐藤はあそこへ行ったんだわ」

寿美代から、「ナナ」というホステスのことを聞くと、

「ありがとう」

と、爽香は寿美代の手を握った。「そのお店は駅の近くに?」

「確か……。こんな辺りだったと思います」

寿美代はメモ用紙に簡単な地図を描いて、「——そうだわ。この道がアパートへ行く近道で、この辺に小さな公園がありました」

説明しながら、思い出して来た。

「あの人の荷物が置いてあって、それを取ってくる、と言って佐藤がここに私を待たせて、アパートへ行ったんだわ」

「その公園かもしれませんね」

「分りませんけど……。佐藤は憶えてないと思います。そういうことの苦手な人で。私は割とよく憶えているんです」

「もし佐藤がそのナナさんの所へ行っていたとしたら、彼女から公園のことを聞いたかもしれません」

と、爽香は言った。「ありがとう! その公園へ行ってみます」

「でも、この地図の通りでないかも」

「私、そういう勘は働くんです」

爽香は立ち上ると、急いで部屋を出て行った。

——寿美代は、爽香に話してしまったことでホッとしていた。

あの人なら、寿美代と果林の気持を分ってくれるだろう。

寿美代は、眠っている果林のそばへ寄って、そっと様子をうかがった。——大丈夫。よく眠っている。

そうよ。佐藤が何をしようと、果林とは何の関《かかわ》りもない。佐藤が果林を連れ去ろうとした事件は、多少話題にはなるかもしれないが、世間にはまだ果林は無名の女の子でしかない。

「——そうだ」

寿美代は、ハッとした。

爽香に、上野のことを何も話さなかった。

でも——大丈夫だろう。上野だって、ただ佐藤を捜しているだけだ。

もし、警察が佐藤を誘拐犯として逮捕したら、上野だって、黙って見ている以外にないだろう。

わざわざ爽香に上野のことを知らせる必要はない。

寿美代は、上野が一人でないこと——それも銃を持った男が一緒だということなど、想像もしていなかった。

「お願いです」

と、河村は必死で自分を抑えて言った。「佐藤は、自分の子が来ていないと分ったら、どうするか分らない。ましてや、ここが包囲されていると知れば……」

「充分気を付けてますよ」

責任者はあからさまに迷惑だという表情を見せた。「あんただって刑事だ。よく分ってるでしょう」

「それはもう……」

「我々はプロなんだ。任せて下さい」

そう言われてしまうと、河村ももはや口は出せない。

「おい、早くしないか！　どの道から来てもいいように、パトカーを隠せよ」

「向うから来ると、どうしても目に入りますが」

「隠せないのか」

「道が狭くて。――いざ、というときに、パトカー同士かち合って動きがとれなくなる心配が……」

「俺が行く！」

――こんなに大勢で、小さな公園を包囲している。

河村は、やりきれない思いで、その様子を見ていた。

佐藤でなくても、ここが警察に包囲されていることは分ってしまうだろう。

しかも——言われた時間まで十五分しかない。

もしかしたら、佐藤はもうすぐ近くまで来ているかもしれないのだ……。

「誰か来ます！」

と、刑事の一人が叫んだ。

河村はゾッとした。もし佐藤だったら？

しかし——やって来たのは、仕事帰りのＯＬだった。

「何かあったんですか？」

と、刑事に取り囲まれて目を丸くしている。

「いや、何でもない。早く行って」

そのＯＬは、わけも分らず、足早に公園を抜けて行った。

河村は思わずそのＯＬを追いかけていた。

「すみません。——ここへ来る途中で、小さな子を抱いた男を見ませんでしたか」

「子供？　いいえ。同じ電車で降りたのは、サラリーマンばかりでした。みんな他の道へ行きましたけど」

「そうですか。ありがとう」

三十代の半ばくらいか、こんなに遅く帰宅するのも慣れている様子だった。

「ずいぶん大がかりですね」

「ええ、まあ……」

その女性は、大方《おおかた》のことを察したらしい。

「あなたのお子さん？」

と訊いたのである。

「ええ」

「まあ……。無事だといいですね」

「ありがとう」

「じゃ、これで……」

行きかけて、その女性は振り返り、「その男の人、駅の方から来るんですか？」

と訊いた。

「いや、分りません」

「じゃ、もしこの先で会ったら……。ケータイ、お持ち？」

「ええ」

その女性は自分のケータイを取り出すと、「これでご自分のケータイへかけて下さい」

河村は言われるままに、その女性のケータイから自分の方へかけた。

「もし、それらしい男の人とすれ違ったら、リダイヤルしてお知らせします」

河村は、本当なら自分が考え付かなければいけなかった、と恥じた。

「ありがとう。お願いします」

と、ケータイを返し、頭を下げる。

「では」

あれこれとうるさく訊くこともなく、その女性は足早に行ってしまった。

河村は胸が熱くなった。

爽香を思い出させる女性だ。

いや、男も女も関係なく、本当に「仕事のできる」人間なら、どこか共通したところを持っているのだろう。

「——そこに誰か行ってろ！　下手《へた》に動くなよ！」

指示をする刑事の声が聞こえていた。

河村は、公園から少し離れた暗がりに立っていた。

TVの刑事物とは違って、そううまく身を隠す場所などない。

——志乃の方が正しかったのかもしれない。知らせるべきではなかったのか……。

そうは思いたくなかった。警官として、こうするしかなかったのだ。

だが——あかねを無事に取り戻すこと。それが何より大事なことなのだ。

お願いだ。——河村は祈る思いで腕時計を見た。

佐藤の指定した時間まで、十分もなかった。


「やれやれ」

と、中川が苦笑した。「ああ目立ってちゃな。野良猫だって寄りつかねえ」

上野も同感だった。

二人は、その公園がずっと先に見える所まで来ていた。——チラチラと人影が動いている。

「佐藤の方が先に出てるのにな」

と、上野は言った。

「早過ぎたんで、大方どこかで時間をつぶしてるのさ」

中川はそう言って、周囲を見回した。「俺たちも、姿を隠そう」

「隠れるといっても、どこへ？」

「さて、どこにするかな……。あんまりのんびりしてると、刑事たちに目をつけられるぜ」

「だけど——両側はずっと家が……」

「家には庭ってもんがある」

と、中川は言った。「留守の家の庭だ。家の中へ入らなきゃ、セキュリティにも引っかからない」

「なるほど」

上野は感心した。

「ただし――」

と、中川はニヤリと笑って、「犬に用心することだ」

とたんに、すぐ目の前の庭から犬が激しく吠え立てて、上野は飛び上らんばかりにびっくりした。

「逃げるぞ!」

中川に促されて、上野はあわてて駆け出した。


「たぶん、この道だと思うけどね」

親切な運転手だった。

爽香は礼を言って、千円札で料金を払い、おつりは受け取らなかった。

――駅から問題の公園へ真直ぐ歩いても、大した距離ではないが、おそらく佐藤は反対側から公園へ向うだろう。

そう思った爽香は、駅前でタクシーに乗り、公園を通る道の先へ出ることにしたのである。

この道に違いないかどうかは分らないが、とりあえず今はその可能性を信じるしかない。

爽香は駅の方角へ向って、その道を辿って行った。

河村のポケットで、ケータイが震えた。

急いで出ると、

「どう、様子は？」

志乃からだった。「もう時間でしょ」

「まだ現われないよ」

と、河村は言った。「落ちつけ。心配ないから」

「お願いね。あの子を無事に取り戻して」

「ああ、分ってる」

「佐藤に逃げられてもいいわ。ともかくあの子さえ無事なら」

「僕も同じ気持だ」

と、河村は言った。「心配するな。みんなよくやってくれてるよ」

「ごめんなさい、くどくど言って……」

「いや、当然のことだよ」

「連絡してね。お願いよ」

「うん、分ってる。待っててくれ」

「じゃあ……」

ためらいながら、志乃は通話を切った。

河村はケータイを手の中で握りしめた。

そのとき、ケータイがまた震えた。

「――もしもし」

と、出てみると、

「今、すれ違いました」

と、あの女性の声。「五、六分でそちらへ行くでしょう」

「ありがとう」

河村の声が震えた。「感謝します！」

「いいえ、じゃ……」

――河村は見えない相手に頭を下げた。

河村は、責任者の刑事のところへ駆けて行った。

「今、佐藤がこっちから来る！」

と指さすと、

「何です？」

「さっき通った女性が、今佐藤とすれ違ったと知らせてくれた。この方向からだ。警官を遠ざけてくれ。もし気付かれたら――」

「困りますね。そんな通行人に事情を話したんですか？　勝手なことをされては、責任を負いかねます」

河村は両手で相手の胸ぐらをつかんで、

「黙れ！　言う通りにしろ！」

と怒鳴った。「子供の身に万一のことがあったら、叩きのめしてやるぞ！　分ったのか！」

相手は青ざめて、

「分り……ました」

と肯いた。

「分ったら、見える位置の車を遠くへやれ！　数人を残して公園から出すんだ！」

「はい」

「早くしろ！」

河村が手を離すと、相手の刑事は尻もちをついた。そして、あわてて立ち上ると、

「――おい、出ろ！　出るんだ。そこの茂み以外、公園の向う側へ行け！」

と、急いで指示を始めた。

――遅すぎた。

河村の額に汗が浮んだ。

遅すぎたのではないか……。

20 処理

見間違えようがなかった。

佐藤が小さな子を抱いて、目の前を通り過ぎて行く。

——上野は、チラッと中川の方を見た。

「いい場所だったろ？」

と、中川が小声で言った。

上野としては、もう手出しはできない。

だが、少なくとも佐藤を殺す共犯ではいたくなかった。いや、それよりも……。

「心配するな」

中川は、上野の考えていることを察したように言った。「お前は佐藤を捜し出してくれた。それだけだ」

「そう願うよ」

上野は、佐藤が子供を抱き直して、公園へと向うのを見送った。

「お前はもう帰れよ」

と、中川は言った。「巻き添えを食ったらつまらないぜ」

「ああ……。しかし――」

「謝礼なら、後でお前の口座へ振り込む」

「いや、そんなもの、いらんよ」

「そうはいかねえよ。こっちが頼んだ仕事だ。ちゃんと礼はする。なに、足がつくような真似はしない」

上野としては、佐藤がどうなったか、南寿美代に教えてやらなくてはならない。

「殺すのか」

と、上野は訊いた。

「分ってるだろ、それくらい」

「なぜだ？　佐藤が何をやったんだ？」

「そんなこと、知らんよ。俺には関係ない」

と、中川は言うと、「もう会わないと思うが、達者でな」

殺し屋に「達者で」と言われるのも妙な気分だった。

中川は、静かな身のこなしで、夜の道へと出て行った。

上野は、どうしたものか迷ったが、逃げ出すわけにもいかず、じっと息をひそめていた。

畜生……。

佐藤は怒りに体が震えた。

行先に明るくなっているのは、目指す公園に違いない。そして、そこにはチラチラと動く人影がいくつも目に付いた。

こんな時間に、誰があんな所でうろついているものか。——あれは刑事に違いない。

そうか。

そっちがそのつもりなら、こっちにも考えがある。

腕の中で、あかねが身動きした。

「俺を恨むなよ」

と、佐藤はあかねに話しかけた。「悪いのは、お前の親だ。親を恨め」

佐藤は、ここへ来るまで、正直なところあかねをさらって来たことを後悔していた。あかねが佐藤の顔を見憶えていて、笑ったりするのを見ると、胸が痛んだ。

ナナの所でオムツを換えてやったりしながら、佐藤は、もしあの河村刑事が手をついて詫びれば、あかねを返してやるつもりでいた。——果林を取り戻すことが難しいことも分っていた。

しかし——ああして警官を呼んで待ち構えているとなれば話は別だ。

そうか。お前は子供を返してほしくないんだな。子供が戻ることより、俺を逮捕することの方が大事なんだな。

分ったぜ。

いいとも。逮捕されてやる。——どうせ、逃げ回ってもいずれ捕まる。

その代り、あかねがどこにいるか、決してしゃべらないぞ。好きなだけ殴れ。俺はお前を嘲《あざ》笑《わら》ってやる。

——佐藤は周囲を見回した。

どこへ隠しても、泣き出せば分ってしまう。といって、自分の手で子供を殺すような真似はしたくない。

「——そうか」

朝が来れば、ゴミの収集車がやってくるのだろう、電柱の周りに黒のビニール袋が重ねられている。

佐藤は、その黒いビニール袋の口が緩く結んであるのを選んで、片手であかねを抱いたまま、片手で袋の口を開けた。

中は雑誌や新聞紙だった。

「ここで寝てろ」

佐藤は、よく寝ているあかねをそっとビニール袋の中へ下ろすと、手を離した。そして袋の口を結んだ。

「——助かるかどうか。どっちにしても運命だな」

と、佐藤は呟いた。

そのとき、足音を耳にしてハッとする。

公園の方向ではなかった。今、自分が来た方から誰か来る。

とっさのことで、佐藤は目の前の家の玄関先へと飛び込んだ。明りは消えているので、じっとしていれば目につくまい。

——爽香は、確かに人影がこの辺で立ち止っているのを目にしたような気がして、足どりを速めたのだった。

しかし、突然、その人影は消えてしまった。

先にポッカリと明るくなっているのが公園だろう。——佐藤はまだ公園まで行っていないようだ。

爽香は周りを見渡したが、暗くてほとんど見えない。

公園まで行っては、佐藤と間違えられて騒がれる心配がある。どこかこの辺で様子を見ていようか。

そのときだった。

何か妙な音がした。——かすかな、それでもすぐ近くで聞こえる、何かがこすれ合うような音。

あれだ。――重なり合って置いてある黒いビニール袋が、ゆっくりと倒れたのである。バランスが崩れたのか？　それとも誰かが触ったか……。

そのとき、突然子供の泣き声が聞こえて来たのだ。

「あかねちゃん？」

爽香は一瞬、どこからその声が聞こえてくるのか分らなかったが、すぐに気付いた。倒れたゴミ袋だ。

駆け寄った爽香は、ビニールを引き裂いた。

「あかねちゃん！」

爽香は泣いているあかねを抱き上げた。「良かった！　何てひどいこと！」

爽香はあかねをしっかりと抱いた。

「パパが待ってるわよ」

爽香が公園の方へ歩き出そうとすると、佐藤が暗がりから走り出て、行手をふさいだ。

「またお前か！」

と、佐藤は声を怒りで震わせて、「また邪魔したな！」

「子供をこんな袋へ入れるなんて、ひどいじゃありませんか！」

と、爽香は言い返した。

「河村のせいだ。あいつは警察を呼んだ。後悔させてやるんだ」

「子供に何の罪があるんです！」

「うるさい！」

佐藤は爽香の方へ歩き出そうとして、「――誰だ？」

佐藤の視線は、爽香の肩越しに、背後を見ていた。

爽香が振り返るより早く、銃声が耳を打った。

佐藤の額にポツンと黒い点が浮かび、そこから血が一筋流れ落ちた。

佐藤は、びっくりしたように目を見開いて、そのまま地面に膝をつき、ゆっくりと倒れた。

爽香は振り向いた。

男が拳銃を手に立っていた。銃口は爽香を向いている。――目が合った。

爽香はとっさに、あかねを胸の中に抱きしめると、男に背を向けた。

「この子を撃たないで！」

と、爽香は言った。

「お前の子か」

と、男は訊いた。

「いいえ。でも――よく知ってるんです」

男はプロだ、と爽香は思った。

冷静そのものの表情、態度。――佐藤を消しに来たのだろう。

爽香は見てしまった。男の顔を。

凍りついて、動けなかった。逃げようがない。

公園の方で人影が動いた。——銃声を聞きつけたのだろう。

「死にたくないか」

と、男が言った。

「ええ、もちろん！」

「忘れるんだ。俺を見たことを」

「分りました」

「もししゃべったら、お前だけでなく、その子供も殺す」

「言いません。絶対に」

爽香は祈るように目をつぶっていた。

フッと、気配が消えた。

足音はしなかった。爽香は、恐る恐る振り向いた。

男はいなくなっていた。

バタバタと駆けて来る足音がした。

「爽香君！」

河村が走って来る。

「河村さん！　あかねちゃんですよ！」

爽香はあかねを抱いたまま駆け出した。

「――あかね！」

河村が爽香からあかねを受け取ると、抱きしめた。

刑事たちが、

「犯人は？」

と訊いた。

「そこに倒れています」

と、爽香は振り返った。

「――撃たれてるぞ！」

「誰かが撃ったんです」

と、爽香は言った。

「誰がやったんだ？」

「分りません」

と、爽香は言った。「暗がりから銃声がして……」

「まだその辺にいるぞ！　捜せ！」

刑事たちが一斉に駆け出して行った。

河村は、泣いているあかねをやっとなだめると、

「ありがとう、爽香君」

と言った。「また君に助けてもらったな」

「いいえ。今はたまたま通りかかっただけ」

と、爽香は言った。「河村さん、志乃さんへ知らせてあげて」

「そうだ。――いいかい？」

「私が抱いてる」

爽香があかねを抱くと、河村はケータイで志乃へ連絡した。

鳴るなり、すぐに向うが出た。

「志乃か。あかねは大丈夫だ。今、ここにいる」

「無事なのね！」

「ああ。何ともない。すぐ連れて帰るよ」

しばらく志乃は何も言わず、ただすすり泣く声が聞こえていた。

「――もしもし？　大丈夫か？」

「ええ……。佐藤はどうしたの？」

「それが……奴は死んだ」

「まあ」

「誰かに撃たれた。——話は後で」

「待ってるわ。あかねに風邪をひかせないでね」

「ああ」

——爽香は倒れている佐藤を見下ろした。

あの男……。

顔を見合せたとはいえ、薄暗い中だ。お互い、そうはっきりと相手を見憶えていないだろう。

「爽香君」

と、河村が言った。「君、すまないが、あかねを連れて志乃の所へ行ってやってくれないか。僕はここをすぐには離れられない」

「私じゃだめ。また戻ってくればいいじゃない。河村さんが抱いて帰らなくちゃ」

爽香の言葉に、河村は微笑んで、

「そうだな。——よし。さあママの所へ帰ろう」

と、あかねを抱き直し、「ありがとう」

と、爽香へ言った。

「本当にね」

と、栗崎英子が呆れたように、「どうしてあなたは、いつも危いことに巻き込まれるの？」

爽香は苦笑した。

「好きで巻き込まれてるわけでは……」

「そりゃそうでしょうけどね」

大女優は、まるで映画の一場面のような口調で言った。「よく今まで生きて来たもんだわ」

「もうそのお話は……」

と、爽香は曖昧《あいまい》に言葉を濁《にご》して、「果林ちゃんは来るんでしょうか」

「大丈夫、あの子は来るわよ。あの年齢でプロ意識を持ってる、って、大したものだわ」

爽香は、撮影所へ来ていた。

佐藤が死んで二日たっている。——果林が危うく佐藤に連れ去られそうになって、牧野監督
が、

「あの子を少し休ませろ」

と言ったのだそうである。

しかし、休みは本当に「少し」で、結局プロデューサーが、

「できたら出て来て下さい」

と、監督に黙って南寿美代に電話を入れたのだった。

果林も、

「早くカメラのところへ行きたい」

と言っていたそうで、プロデューサーはスケジュールを組み直す必要がなくて大喜びしているとか……。

「でも、今のところ、あの佐藤って男が果林ちゃんの父親だって記事はどこにも出ていないわね」

栗崎英子は早々と、すっかり仕度《したく》を終えてセットのそばに腰かけている。

ぎ[illegible]の空気になじまないとね」

[illegible]、いつも言っている。

「セリフを間違え[illegible]で来て、さっさと役をこなして行く、忙しい若手は、
というだけで、当然OKになるものと思っている。

英子にも言いたいことは山ほどあるだろうが、「言って何とかなる」相手と、「どうにもならない」相手がいるのだ。

セットでは、撮影の準備が進んでいた。

自分のするべきことを、ちゃんと分っていて、誰の目も気にすることなく黙々と働いている人の姿を見るのは、爽香の心を落ちつかせた。

――セットの中が、少しざわついた。

「来たわ」

英子が立ち上って、「よく来たわね！」

と、手を振った。

もちろん、南寿美代と、「幼いスター」果林が、スタジオへ入って来たのである。

「おばあちゃん！」

果林が英子の方へ走って来て抱きつく。

「果林ちゃんがいないと、撮影が進まないわ」

英子はそう言って笑いながら、果林の頭をなでた。

「皆様、ご迷惑をかけまして、申しわけありません」

と、寿美代が、スタジオの中一杯に響くような声で言った。

拍手が起る。――爽香は、寿美代が現場のスタッフに気をつかっているのを見て、偉いと思った。

英子も同じことを考えたらしく、

「この子は成功するわね」

と言った。

寿美代が、爽香に気付いてやって来た。

「――杉原さん」

「寿美代さん……」

「佐藤がご迷惑をかけました」

と、寿美代が頭を下げる。

「いえ……。あんなことになって、残念でした」

爽香の言葉に、寿美代は首を振って、

「あれで良かったんだと思います」

と言った。「たぶん、どこかとお金のトラブルを起していたのでしょう。いずれああなったと思います」

「そうおっしゃられると……」

「でも、一応、果林の父親でもあったわけですから、遺体が戻りしだい、葬儀は出してやろうと思っています」

寿美代の言葉は、すでに佐藤のことが全く「過去」として整理がついていることを示していた。

「そう伺って、安心しました」

と、爽香は言った。

「佐藤がさらったお子さん、何ともなかったのですね？」

「ええ、無事です」

「良かった。——取り返しのつかないことをするところでしたね、あの人」

「でも、もう亡くなったことですし」

「ありがとうございます」

寿美代が微笑んで、「わざわざおいでいただいて……」

「あなたに会いたがってる人を連れて来ました」

寿美代は、気配を感じて振り返った。

「麻生さん……」

麻生が立っていた。

「あ、パパだ！」

果林がそう言って、麻生の方へ駆けて行った。麻生が果林を抱き上げる。

何だか、その姿はいやにさまになっていた。

寿美代が頬を赤らめて、

「あの子ったら……」

「私の秘書をどうかよろしく」

と、爽香は頭を下げた。「至らない亭主になると思いますが」

「チーフ」

麻生が照れたように、「そんなこと言うと、仲人をお願いしますよ」

周囲から笑いが起って、続いて暖い拍手が湧いた。

麻生は果林を抱いて、寿美代の方へ歩み寄ると、

「ハッピーエンドだ」

と言った。

――ハッピーエンドね。

爽香は、撮影が始まるのを見ながら、心の中で呟いた。

何が「ハッピー」なのか。時がたたねば分らないこともある。

「――チーフ、行きますか」

と、麻生がやって来た。

「いいの？　私、タクシーで戻ってもいいけど」

「いじめないで下さいよ」

麻生が赤くなって、「仕事はちゃんとやります」

「そうね。——じゃ、行きましょう」

果林が、リハーサルで明るい声を響かせている。

爽香たちは、そっとスタジオを出た。

麻生は車を運転して会社へ向いながら、

「あの——今夜、八時ごろで失礼していいですか」

「いいわよ。——今夜、何かあったっけ」

「確か、〈N工業〉のパーティが」

「ああ、そうだったわね」

今度のプロジェクトの施工《せこう》を担当する会社の一つである。

「出席されるんでしょ」

「一応ね。でも、きりがないわ。すぐ失礼するわよ」

日本では、その手の「付合い」を重視するという風潮がまだ残っている。

しかし、肝心なのは、いい仕事をすることなのだ。

そんなパーティのために時間を費すのはもったいない。

「私も、早めに帰って、亭主と夕ご飯食べるかな、久しぶりに」

と、爽香は伸びをして言った。

「それがいいですよ」

そう。——忘れたいこともある。

忘れたくても忘れられないことも。

あの男。——佐藤を射殺した男。

「もししゃべったら、お前だけでなく、その子供も殺す」

あの男の言葉、声が、今も爽香の頭の中に響いている。あれは本気の声だった。

単なるおどしではない。

警察は、むろんまだあの男のことを、何も調べ出せずにいる。

爽香が、もし男を見たと言えば、モンタージュ写真を作ったり、何百枚もの写真を見せられるだろう。

爽香は迷っていた。

殺されるのは、むろん怖い。自分だけでなく、あかねも殺されるかもしれないのだ。

しかし、本当なら正直に言うべきだろう。

「私は、佐藤を射殺した男を見ました」

と——。

だが、どんな男だったか、と訊かれたら、爽香ははっきり答えられない。

あの薄暗い中、しかも一瞬のことでしかなかった。二人が顔を見合せたのは。

もし写真を見せられたとしても、自信を持って、

「この人です」

と言えるとは思えなかった。

それでいて、爽香には分っていた。

もし、あの男とどこかで出会うことがあったら、きっとすぐにそれと分るに違いないということが。

あの男の持っていた、ふしぎな雰囲気、そして人を射抜くような「眼」。――それは決して忘れることのできない、強烈な印象を爽香に与えたのだ。

だが、それは写真や似顔絵には現われない。だから、爽香には自信がなかったのである。

――黙っているしかない。

ある後ろめたい気持を抱きながら、爽香は自分へそう言い聞かせた。

こうするしかない。これしか道はない、と。

――ケータイが鳴って、ハッと我に返る。

田端からだ。

「杉原です」

「今、どこだ？」

「社へ戻る車の中です」

「病院へ寄れるか？」

「はい。――あの、お母様に何か？」

不安になって訊くと、

「いや、心配しなくていいよ」

田端が笑って言ったので、爽香はホッとした。

麻生に、田端真保の入院している病院へ寄るように言った。

十五分ほどで病院に着く。

急いで真保の病室を訪ねると、

「――やあ、悪かったな」

と、田端がベッドの傍《かたわら》で言った。

「いいえ、とんでもない」

「お袋が君に話があるとさ」

「あの……」

真保は少し不機嫌そうな顔で、爽香を見上げた。

「いかがですか、ご気分は？」

「いいわけないでしょ、お腹を切ったんだから」

と、真保は怒ったように言った。「『断腸の思い』とはよく言ったもんね。こんなに苦しいなんて、思ってもみなかった」

「辛抱なさって下さい。こんなにお元気になられたんですから」

「そうね。まあ、感謝しなきゃいけないんでしょうね」

真保は息をついて、「あの大女優さんにTVCMに出てもらうって？」

「栗崎様ですか？　ええ、ご承諾もいただいています」

「で、どういうものにするの？　プランを聞かせて」

爽香は面食《めんく》らって、

「あの……ここで、ですか？」

「そうよ。会議室だと思えばいいのよ」

ここは病室です、とよほど言ってやりたかった。

「まだ何も考えていません。色々大変なことがあって……」

他に言いようがない。

「大変って言えば、私だって大変なのよ」

と、真保が言った。「じゃ、明日までにプランをまとめて、ここへ持って来て」

「分りました」

——爽香が病室を出ると、田端が追いかけて来た。

「悪かったな。何しろ、君を呼べと言うだけで、何の用か言わないもんだから」

爽香が笑って、

「あれでこそお母様らしいんですわ。ただ、明日プランを持って来いとおっしゃられても……」

「ああ、あれは気にしなくていい。僕が上手く言うよ」

「でも、また呼びつけられそうですから。何かまとめて、それらしいものを作って来ます」

「すまないね。余計な仕事をふやしちまって」

「いいえ。お母様は〈R・P〉にとって、かけがえのない方ですもの。色々考え出すと、いても立ってもいられないんですわ」

爽香は、自分がもし真保の立場なら、同じようにするだろうという気がした。

「社へ戻りますが、何かご用は？」

「いや、特にない。僕も三十分ほどしたら、ここを出るつもりだ」

「じゃ、失礼します」

爽香は足早に病院を出た。

22　決断

工事というものは、決して周囲の住人や通りかかる人にとって楽しいものではない。

さら地になった土地は埃っぽいし、工事用の車両——ダンプカーやコンクリートミキサー車、ブルドーザーなど——がひっきりなしに出入りする。

もし通学路がその現場の前を通っていたら、事故など起さないように、万全の対策を立てておかねばならない。

騒音、振動、トラックが出入りするときの誘導の笛の音一つに至るまで神経を使う。それが施工者側の責任なのである。

それでも——建設のために、気の遠くなるほどの議論を重ね、図面の山と格闘して来た人間にとっては、その「騒がしい」工事現場が、まるで小さい子供にとっての遊園地のように心弾む光景なのだ……。

「杉原さん」

まだ始まったばかりの工事現場に立って、忙しく立ち働く人々を眺めていた爽香は、名前を呼ばれて振り返った。

「やっぱり！　後ろ姿で、きっとそうじゃないかと思ったんです」

と、その女性は笑顔で言った。

「――門倉《かどくら》さん？　幸代《さちよ》さんですか」

爽香は、ちょっとびっくりした。

「ええ。私――そんなに太りました？」

この工事のために立ちのいた家の一軒、門倉矢市郎《やいちろう》の娘さんである。

門倉矢市郎の土地の売却代金を巡って、実の息子と、幸代の夫だった中堀洋介《なかぼりようすけ》が矢市郎を殺そうとした。爽香の機転で、その計画は未然に防ぐことができたのである。

幸代は中堀と離婚、二人の子を連れて、父、矢市郎の所へ帰った。

もちろん、今、門倉の家は取り壊され、さら地になっている。

「そんな意味じゃありません」

と、爽香は笑って、「お父様はお元気ですか」

「ええ。今来ますわ。博志《ひろし》の手を引いて。というより、博志に手を引かれて、ですけど」

「こら、走るな！」

と、元気な門倉矢市郎の声がした。「――やあ、あんたか！」

爽香は、博志が大きくなったのでびっくりした。

「もう五つよね？　一年でこんなに大きくなったの！」

爽香は博志の頭をなでて、「——ごぶさたして申しわけありません」

と、矢市郎へ頭を下げた。「住いの方、いかがですか？」

工事の間の仮の住宅を、〈G興産〉が世話したのだ。

「ああ、結構な家だ。いっそ、あのままずっと住んでいたいくらいだよ」

と、矢市郎は肯いて言った。「工事が始まったんで、ときどき見物に来る」

「そうですか」

「あんたは忙しいんだろう。体に気を付けてな」

「恐れ入ります。——幸代さんは、何かいいお話でも？」

「え？」

「恋をしてらっしゃる顔です」

爽香の言葉に、幸代は頬をポッと染め、

「そんな……。私、もう三十九ですよ」

「美しくなられましたよ。きらきらしてらっしゃる。恋をしておられるとしか……」

「そんなたいそうなものじゃありません。ただ、ちょっとお付合しているだけで……」

言いながら真赤になる幸代は可愛かった。

矢市郎はニヤニヤしながら、

「幸代、この人の目をごまかそうとしてもむだだ。白状してしまえ」

「お父さん……」

「お祭しの通り、近々式を挙げることになるだろう。子連れの結婚式をな」

「おめでとうございます」

と、爽香は言った。「私も、近々、秘書の結婚の仲人をさせられそうなんです」

「それはそれは。——めでたい話なら、いくらあってもいい」

と、矢市郎が明るく笑った。

爽香のケータイが鳴って、

「失礼します」

と、少し離れると、「——もしもし」

「ごめんね。忙しいんだろ」

母、真江からだ。

「今は外だから大丈夫。工事現場だから、少しうるさいかも」

「ちゃんと聞こえる？」

「うん。どうしたの？」

「あのね……」

と、真江は口ごもって、「充夫から——三百万ほど、何とかならないか、って言って来たの」

「お兄さんが？」

とたんに爽香の気が重くなる。

「お前に言わないでくれ、って頼まれてるんだけど、黙ってるわけにはいかないと思ってね」

「そうよ。――お父さんやお母さんに頼っちゃいけない、って何度も念を押してあるのに」

と、ため息をついて、「サラ金から借りたお金？」

「たぶんね。はっきりは言わないんだけど」

「三百万で、全額返済ってわけじゃなさそうね。――いいわ、話してみる」

「悪いね。でも――」

「心配しないで。そう怒らないわよ」

とは言いながら、自信はない。

顔を見たら大喧嘩になりそうだ。

兄、充夫は失業している。当面の利息の払いだけでも、難しいのだろう。

また爽香が工面して払うことができたとしても、それは充夫のためにならない。――しかし、そう分っていても、充夫が窮地《きゅうち》に陥って悲しむのは親たちである。

ともかく、母を安心させると、爽香は矢市郎たちにもう一度挨拶して、車へと戻った。

麻生が運転席で何やらブツブツ言っている。

爽香がドアを開けると、あわてて、

「すみません、チーフ」

「いいのよ。寿美代さんと話してるんでしょ？」

「あ――いえ、あの――。もしもし、また今夜」

と、ケータイを切ると、「どちらへ行きます？」

「会社へ戻って」

爽香は、重苦しい気持を見せないように、「寿美代さんのことばかり考えてないでね。事故起されたら困るわ」

と言ってやった。


「――ただいま」

上野は玄関を入って、「今日は寒いな」

と、首をすぼめた。

「お帰りなさい」

照代が出て来る。

「由子は塾か」

「ええ」

玄関を上って、上野は男ものの靴に気付いた。

「誰か来てるのか？」

「お客様よ。十分ほど前にみえて」

「客？」

上野は首をかしげた。——誰だろう？

上野のような仕事では、別に「受付時間」が決っているわけではないが、普通の仕事のように、依頼人が訪ねてくることは、まずない。

コートを脱いで照代へ渡すと、上野は居間へ入って、足を止めた。

「——やあ」

ソファで紅茶を飲んでいたのは、中川だった。

「——どうも」

やっとの思いで言った。

「会わないと言っときながら、申しわけない」

「いや、別に……」

「心配しないでくれ」

と、中川は言った。「あんたに頼みたい仕事があって、やって来たんだ。すんだことは、もう忘れた」

上野も、中川からあの独特の「殺気」のようなものが感じられないのに気付いて、少しホッとした。

「――代金はいただいたよ」

と、上野は言った。「あれじゃ多すぎる」

「忘れてもらう代金も入ってるんだ。受け取っといてくれ」

「分った」

照代が、上野にお茶を持って来た。

「照代。何かお茶菓子を買って来てくれないか」

「はい。気が付きませんで」

「奥さん、どうぞお構いなく」

「この近くに、ケーキの旨《うま》い店があるんだ。食べてみてくれ」

「そうか。じゃ、いただこう」

「甘党でいらっしゃるんですか？」

照代が微笑んで、「では、すぐに」

と、出て行く。

照代が玄関から出て行く音を聞いて、

「仕事というのは？」

と、上野は訊いた。

「あんたは、俺が佐藤をやるのを見ていたろう？　——いいんだ、分ってる。あんたがしゃべりゃしないことも」

「それで？」

「あのとき、人質の赤ん坊をかばった女がいた」

「ああ」

「あの女のことが知りたい」

——上野は、ゆっくりとお茶を飲んだ。

中川の顔を見てしまった、あの女のことを上野も忘れてはいない。

中川が、あの女を殺さなかったのはふしぎだった。

「分るだろう？」

「それはまあ……。調べてみれば」

「調べてくれ」

上野には、答えられなかった。

中川はニヤリと笑って、

「心配するな。殺しの手助けをさせようっていうんじゃない」

「だが——」

「顔を見られた」

中川は肯いて、「だが、あの女は黙っているだろう」

「それなら、なぜ?」

「興味があるんだ。あの女のことが知りたい。やってくれるな?」

断るわけにはいかなかった。

「——分った」

「金は、この前と同じだけ払うよ。——ケーキが楽しみだな」

中川は紅茶を静かに飲み干した。

23　発表会

「おい、まだなのか？」

河村が顔を出すのは、もう三回目だった。

「——もう少しよ」

布子は、爽子の髪をきちんと整えながら、「まだ早いわ。大丈夫よ、そう焦らなくても」

と言った。

「ああ。だけど日曜日だからな。道が混んでたら……。ま、大丈夫か」

と、腕時計を見て、「車にカメラを入れとく」

と、河村はせかせかと行ってしまった。

「——お父さんの方があがってる」

と、爽子が笑って言った。

「本当ね」

と、布子も笑った。

十一歳の娘に言われちゃ、父親も立場がない。しかし、「あがっている」ことでは、布子も同様だった。

我が子の「初舞台」である。——むろん、以前習っていたピアノの教室でも発表会はあったが、今回のヴァイオリンの会はやはり全く別だ。

爽子はもともと舞台に立っても、あまりあがったり固くなったりすることがない。それでも爽子なりに、今回のために懸命に練習したという意識はあるのだろう、鏡に映る自分の姿を、真剣な眼差《まなざ》しで見ていた。

発表会は午後からだが、最終的な伴奏者との「合《あわ》せ」があるので、午前十時までに会場になっているホールへ行かなければならない。

達郎が覗いて、

「お姉ちゃん、歌うの?」

と訊いた。

達郎もブレザーを着て、少しお洒落をしている。

「歌わないわよ。ヴァイオリン弾くの」

「歌の方がいいな」

「何言ってんの! ——静かにしててよ、向うじゃ」

と、爽子は弟に言った。

「これでいいわね。――どう?」

「うん、いいよ」

爽子は今回のために買ってもらった、裾《すそ》の長いワンピース。腕が上りやすいように、半袖である。

「カーデガン、はおってね。――じゃ、行きましょ。お父さんが苛々《いらいら》してるわよ」

爽子がヴァイオリンを持った。

「譜面、持った?」

「うん、大丈夫」

二人が玄関へ行くと、河村があわてて上って来た。

「どうしたの、あなた?」

「電池!」

「電池?」

「ビデオカメラの電池さ。充電しといて、そのままだった!」

河村は奥の部屋へ駆けて行った。

爽子が笑いをこらえて、

「これでもしビデオが撮れてなかったりしたら、お父さん、寝込んじゃうね、きっと」

と言った。

父親のあわてぶりが、爽子の緊張をいくらかほぐしてくれた。

「さあ行くぞ！　忘れものはないな？」

「僕のこと、忘れないでね」

と言う達郎の口調が結構《けっこう》真剣でおかしい。

「忘れるもんか！　それ！」

河村が達郎を抱き上げる。

「あなた、ぎっくり腰にでもならないでよ」

布子が冷やかした。

しかし、達郎は声を上げて喜んでいる。

いつも帰宅の遅い父親に、こんな風《ふう》に抱いてもらうことは珍しいのだ。

「行きましょう。達ちゃん、前に乗るの？」

やっぱり男の子で、達郎は助手席に乗りたがる。

外へ出て、爽子は、

「わあ」

と、目を細めた。

冬の一日とは思えない、青空の色の濃さ。風もない、穏《おだ》やかな休日である。

「最高のお天気ね」

と、布子は言った。

発表会はホールの中だから関係ないとはいっても、こうして出かけるときの爽やかさは、やはり子供を「うまくいきそうな」気持にさせるものである。

「爽やかな日だ」

と、河村が運転席について、シートベルトをしながら、「爽子にぴったりだな」

「やめてよ、恥ずかしい」

と言い返しながら、爽子も嬉しくないわけではない。

車は静かに街路へと進み出た。

布子のバッグでケータイが鳴って、布子はバッグを開けて探った。

「——爽香さんだわ。もしもし」

「先生、もう会場ですか?」

と、爽香が訊く。

「まだよ。早過ぎるくらいに早く、家を出ちゃったけど」

「私も早めに行きます」

と、爽香は言った。「明男も一緒ですから」

「ありがとう。じゃ、会場でね」

爽香はケータイを切って、

「ホールの中では、ケータイの電源、切っておいてね」

と言った。

「ああ。今から切っとくよ」

と、明男は上着のポケットからケータイを取り出して電源を切った。

「じゃ、もう出かける？」

「早過ぎるんじゃないのか？」

「どこかでお昼、食べようよ。ね？」

「そうするか」

——爽香も明男も、普段は忙しいので帰宅が遅い。二人で一緒に夕食をとることは少なかった。

日曜日くらいは、二人で外食、と考えても自然だろう。

暮れが近くなり、明男は「お歳暮」の配送でこれからどんどん忙しくなる。

もちろん爽香も現実の工事がスタートして、毎日のように仕事がふえて行く。

この日曜日は、二人一緒に休める、今年最後の休日かもしれなかった。

「——わあ、いいお天気」

爽香は伸びをした。

「どこへ行く？」

明男が車のロックを外して、ドアを開けながら言った。

「そうね。――お昼にもまだ早いから、少し買物して……。駅前のスーパーに寄って」

「分った。じゃ、昼は？」

「あそこの食堂じゃね。ホールに行く途中に、いいお店があるの。早目に行って、ランチにしよう」

「そうだな。――おい、どうした？」

明男は運転席に座って、爽香が車の外に立ったままなのを見て言った。

爽香は、明男の言葉を聞いていない様子だった。

「爽香――」

と、一旦車から出た明男は、爽香の見ている方へ目をやって、爽香の兄、杉原充夫が立っているのに気付いた。

「少し待ってて」

と、爽香は言って、充夫の方へ歩いて行った。

明男には言っていなかったが、充夫はこの三日間、家に帰らず、行方が分らなくなっていたのだ。

妻の則子は何度も爽香の両親の所へ電話をして、充夫のことを非難していた。母の真江がひたすら詫びるのを聞いて、やっと少し気がすむ様子だという。

爽香は、そんなことが母にとってどんなに辛いか、胸の痛む思いだった。

「――出かけるのか」

と、充夫は言った。

ネクタイはしていないが、一応さっぱりした身なりである。

「どこに行ってたの？」

爽香は、明男に聞かせたくないので、充夫を促して、駐車場から少し離れた。

「家へ帰った？」

「いや、まだだ」

「どうして！――則子さん、毎晩お母さんに電話してくるのよ。お母さんがお兄さんの代りに謝ってる。そんなこと、お母さんにさせないで」

「謝ることなんかないじゃないか。適当にグチを聞いてやりゃいいのさ」

「お母さんに、そんなことできっこないでしょ。ちゃんと帰ってよ、家に」

「ああ。しかし帰っても、則子に文句言われてばかりだ。いやになるよ」

充夫はタバコを出して火を点けた。

「――女の人の所にいたのね」

と、爽香は言った。「その人のタバコ？　銘柄《めいがら》が違うわ」

充夫はちょっと笑っただけで、答えなかった。図星なのだろう。

爽香はため息をついて、

「五十万、都合したじゃないの。それですまないの？」

「三百万いるんだ」

「分ってるけど——うちだって、楽じゃないのよ」

「二人で稼いでるだろ。それに子供もいないし。うちは三人だぜ。もう綾香《あやか》は高校生だしな。金がかかるんだ」

「仕事は捜してるの？」

「もちろん、友だちや知り合いに当ってる。だけど今はな……」

本当かどうか。——就職を頼むなら、ネクタイくらいして行くだろう。

自分から頭を下げてものを頼むことに慣れていない兄のことを、爽香はよく知っていた。

「お願いだから、お父さんやお母さんを泣かせないで。何かあったら、私の所へ言って来て」

「だから来たのさ」

充夫は、車のそばでぶらぶらしている明男の方へ目をやって、「元気でやってるようだな」

「大変よ。休みも出勤なんて珍しくない」

「なあ。——例のお前のとこの社長にさ、頼んでくれないか」

「え？」

「就職先さ。今、マンション建ててるんだろ？　色んな業者が出入りしてるだろうし、どこか一人くらい雇ってくれるんじゃないか」

爽香は、さすがにちょっとの間、言葉が出なかった。

「――お兄さん、考えてみてよ。社長さんには一千万円の借金を肩代りしてもらって、まだ返してないのよ。あと三百万って言われても、私だって貯金を空《から》にするわけにいかない。また社長さんにお願いすることになるかもしれないわ。その上に仕事の世話まで頼めると思う？」

充夫は肩をすくめて、

「お前、気に入られてんだろ」

「でも、社員の一人よ。そんなことが他の人に知れたら――」

「まあいいよ。俺が捜す。その代り、三百万、何とかしてくれ」

爽香は重苦しい気分で黙っていた。

言われるままにお金を都合することが兄のためにならないことはよく分っている。しかし、断れば兄は両親の所へ行く。

結局、両親が無理をしてお金を作ろうとすれば、それは借金という形にならざるを得ない。

「――分った」

と、爽香は言った。「私が何とかする」

そのひと言さえ聞けばいいのだ。

充夫は急にニコニコして、

「いつも悪いな。ちゃんと返すからさ」

と言い出した。

「でも、お兄さん、約束して」

「何だ？」

「お母さんに気苦労かけないで。ただでさえ体が弱いのに」

「分ったよ」

「則子さんに言って。お母さんの所へ苦情を持って行かないでって」

「言っとくよ。じゃ、よろしくな。明日、何とかなるかな」

「明日？　そんな急に——」

と言いかけて、「やってみるわ。一日二日は遅れるかもよ」

「頼りにしてるぜ」

充夫は爽香の肩をポンと叩いた。

その気楽さが腹立たしく、

「お母さんを泣かせないで」

と、念を押した。

「だけどお前だって……」

と、充夫が言いかけてためらう。

「——私だって、何よ？」

「親を泣かせたことがないって言うのか？」

「ないとは言わないけど——」

「娘が人殺しと結婚するってことで、親戚やら知り合いやら、ずいぶんお袋に文句が来たんだぞ。知ってるのか？」

爽香は絶句した。

充夫は、爽香が何も言えずにいる内に、

「じゃ、連絡してくれよ」

と言って、行ってしまった。

爽香は、突然寒々とした荒野《こうや》に一人で取り残されたような気がした。

「——どうした」

気が付くと、明男がすぐそばに来て立っていた。

爽香は黙って明男に抱きついた。

「おい……。大丈夫か？」

「こうさせておいて。——何も言わないで」

明男は黙って爽香を抱きしめていた。

爽香は、抑え切れずに数滴の涙を溢れさせたが、何とか自分の気持をつかみ直すことができた。

「ごめんね」

と、明男から離れると、「疲れちゃうんだ、兄さんと会うと」

「金の話か」

「訊かないで」

爽香は指先を明男の唇に当てた。「何も訊かないで」

「分ったよ」

明男は笑って、「さあ、出かけよう」

「うん！」

爽香は、しっかりと明男の腕につかまって歩き出した。

24 明日の音

「はい、記念撮影よ！　みんな集まって！」

と、藤野加代子の声がホールの中に響く。

「カナちゃん！　遊んでないで、入って来て！」

「哲《てつ》ちゃん、だめでしょ、かけっちゃ！　転んだらどうするの！」

母親たちの声が飛び交う。

——ヴァイオリン教室の発表会の会場は、三百人ほど入る、小さなホールだ。

しかし、広さの割に天井が高く、音がよく響いた。

爽香たちが入って行くと、出演する子供たちがステージに上って、先生を囲んで記念写真を撮っているところだった。

「あ、先生」

「爽香さん！　早いわね」

と、布子は客席で振り返った。「明男君、忙しいのにありがとう」

「いいえ」

明男はホールの中を見回して、「新しいホールですね。きれいだ」

「はい、早くステージに上って！」

と、先生が手招きする。

「先に記念撮影するんですか？」

と、爽香が訊いた。

「終ると、みんな家の人たちと帰るでしょ。だから先に撮るのよ」

「ああ、そうか。河村さんは？」

「達郎とロビーに出てったわ」

布子は、小声になって、「あなたに、ちゃんとお礼も言ってなかったわね」

「先生……」

「ありがとう。——あかねちゃんに万一のことがあったら、あの人は一生苦しんだわ」

爽香は布子の隣の椅子にかけて、

「ともかく、無事で良かった」

と言った。「誰の子でも、殺されていいわけがありません」

「そう。——その通りね」

と、布子が肯いた。

ステージに集まった子供たちに、フラッシュが光った。

最終的なリハーサルが終って、発表会が始まるまでの間に、めいめいが軽く昼食をとる。

どこかへ食べに行くほどでもないので、みんなサンドイッチやおにぎりを持って来ていて、ロビーで食べた。

「――私たち、今途中でランチを食べて来たんです」

と、爽香は言った。「河村さん、コーヒーでも?」

「いや、僕は……」

「明男に買って来るから、一緒に」

「そうか。じゃ、頼むよ」

ホールを出て、道を渡ったところに喫茶店があり、テイクアウトできるのを見ておいたのである。

爽香は、その店に入り、

「ホット三つ。持って行くので」

と注文した。

「少しおかけになってお待ち下さい」

と、女店員に言われ、店の中を見回すと――。

「今日《こんにち》は」

——早川志乃が座ってコーヒーを飲んでいた。

「発表会に?」

と、爽香は向いの席に座った。

「ええ。あかねはお友だちの所」

と、志乃は言った。「良かったわ、あなたに会えて」

「河村さんは……」

「知らないわ。いいの。黙って見て、黙って帰るわ」

と、志乃は言った。「それであの人とは最後」

「——え?」

「私、東京を離れるの。アパートも引き払ったわ。今日の夕方の列車で」

「それって……」

「あの人と別れる決心をしたの」

爽香は何とも言えなかった。

「——あかねがいれば、何とか生きていけるわ」

「河村さんに黙って?」

「話をしても、辛いだけ。——私がいなくなれば、あの人もホッとするわ」

「でも——あかねちゃんは河村さんの子でもあるんですよ」

「感謝してるわ。私にあの子を与えてくれた。でも、あかねが成長していくにつれて、あの人の負担になるのは目に見えてる」

「志乃さん……」

「そうなって、奥さんと争ったりした挙句に別れるのはいやなの。——幸せな思い出を持って行きたい」

「どこへ行くんですか？」

「はっきり決めてないの。とりあえず、友だちを頼って……。あなたには本当にお世話になったわね」

「そんなこと……。でも、いいんですか。河村さんと会わなくて」

「会えば、あの人は行くなと言うだろうし、私もそう言われたら気持がぐらついてしまいそうだから。——何も言わないで」

決心は固いのだと思えた。

「——お待たせしました」

と、声をかけられ、爽香は立ち上った。

「じゃあ……」

「お元気でね」

と、志乃は微笑んだ。

爽香は代金を払って、紙コップに入ったコーヒーを手に、店を出た。

ホールの入口を入ろうとすると、

「ここでいいのね」

と、聞き慣れた声がした。

「栗崎様！」

栗崎英子が、いつもながらの和服姿で立っていた。

「ちょうど、映画もクランクアップしたから」

と、英子は微笑んで、「きれいなホールじゃないの」

「よくお分りになりましたね」

「ちゃんと聞いたわよ」

英子が振り向いて、「こっちよ！」

と、手を振る。

「まあ……」

爽香は啞然とした。

秘書の麻生が、南寿美代と果林を連れてやって来たのだ。

「麻生君……」

「チーフの予定はしっかりつかんでいますからね」

と、麻生が得意げに言った。

「果林ちゃん、映画はもう終ったの？」

「うん。でも、次の映画が来月始まるの」

「へえ！　凄いわね」

「まだ監督とお話ししてるだけなんです」

と、寿美代が照れたように言った。

「でも、ちゃんと約束したもの」

と、果林はすっかりやる気だ。

「さあ、入って。みんなびっくりするわ」

と、爽香は促した。

——英子はもちろんだが、果林にも、すでに「普通の女の子」とは違う、パッと人目をひく雰囲気が身についていた。

まだ初めての映画が撮り終ったばかりだが、マスコミにも出つつあって、果林のことを知っている子もいた。

ロビーで、今日のプログラムにサインをする果林は、正《まさ》に「スター」そのものだった。

「ね、例のＣＭの件だけど」

と、英子が爽香に言った。

「あ、すみません。今、プランを詰めているところなんです」

「じゃ、良かったわ」

「は？」

「果林ちゃんを救ってくれたからって、お母さんがね、私のCMに一緒に出してもいいと言ってるの。ノーギャラでね」

「本当ですか？」

「孫の役で、どう？　おたくの新しいマンションのイメージに合うと思うけど」

「ありがとうございます！」

――爽香のために力になってくれる人々。

爽香の胸は熱くなった。

「じゃ、出番の早い人、楽屋に入って」

と、先生がロビーに来て、大きな声で言った。

「次は河村爽子さん。曲はバッハの〈プレリュード〉です」

アナウンスと拍手。――ステージに出て来た爽子は、少し緊張している様子だった。

もう、プログラムは後半の三分の一ほどを残すだけだ。本当なら、初心者の爽子は前半で弾くところだが、中学生よりも後に組まれていた。

ヴァイオリンを構えると、爽子が一瞬ぐっと成長したように思えた。真直ぐに背筋が伸びたので、そう見えたのかもしれない。

短いピアノの前奏の後、すぐにヴァイオリンが鳴る。

客席の空気が引締った。

その音には「音楽の力」がこもっていた。音譜をなぞっているのでなく、曲全体が表現されている。

弾き始めると、爽子の緊張はほぐれて、腕も手首もしなやかに動いた。

「こりゃ凄いや」

と、明男が呟いた。

すでに爽子のヴァイオリンは「音色《ねいろ》」を持って、ホールの中に広がって行った。

爽香は、生れたばかりのころの爽子を思い出した。あの赤ちゃんが、今、バッハを弾いて、居並ぶ人々を感動させている。

——子供ってすばらしい。

爽香は目頭《めがしら》が熱くなるのを感じた。

曲は約五分もあったが、爽子はみごとに弾き切って、熱い拍手に包まれると、やっとニッコリ笑った。

爽香は河村の方へチラッと目をやった。

河村はビデオカメラを覗き込んでいる。――どこにでもいる、普通の父親の姿だ。

後ろの扉が開くのが見えた。出て行った人がいる。

志乃だろう。――河村は、我が子をビデオに撮るのに夢中で、志乃には全く気付かなかった。

ステージでは、爽子が英子と果林から花束をもらって、改めて拍手を受け、嬉しそうだった。

爽香は席を立って、ロビーへ出た。

「志乃さん」

外へ出ようとコートを着ている志乃へ声をかける。

「爽香さん。すばらしかったわね、爽子ちゃん」

「そうですね」

「あの人に伝えて。爽子ちゃんを応援してます、って」

「分りました」

爽香は、志乃と一緒に表へ出た。

「――それじゃ、爽香さん。お世話になりました」

志乃は、河村に見付かるのを恐れるかのように、足早に立ち去って行った。

爽香は志乃を見送って、ホールへ戻ろうとした。

ふと、道の向いに停っている車に目を止めた。

誰かが乗っている。——その「誰か」は、爽香のことを見ているように思えた。

誰だろう？——外からは、ぼんやりとした人の姿が見えるだけだ。

すると、不意にその車が動いた。

車はたちまちスピードを上げて走り去って行く。

爽香が首をかしげていると、

「どうした？」

明男が出て来た。

「——何でもないの」

爽香は首を振って、「さ、爽子ちゃんにお祝いを言いに行こう」

と、明男を促し、ホールの中へと入って行った。

初出誌「エキスパートナース」（照林社刊）二〇〇三年九月号〜二〇〇四年八月号

解説

藤《ふじ》田《た》香《か》織《おり》
（書評家）

爽香ファンの皆様、お待たせ致しました（って私が書いてるわけではありませんが）！

秋の気配とともに届く爽香の物語を読むことができる幸福を噛み締めるのも、今年で十七回目。一年ごとに歳を重ね、十五歳だった主人公・杉原爽香もついに三十一歳（!!）に。三十一歳……。第一作の『若草色《わかくさいろ》のポシェット』では「小柄で、丸顔。クリッとした大きな目。そして、元気そのもののような、よく陽焼けした頬」と記されていた爽香も、高校・大学を卒業し、波乱に満ちた二十代を過ごし、すっかり大人の女性になりました。陽焼けなんて、多分、もう恐ろしくてできないに違いありません。とはいえ、爽香の毎日は相変わらず超多忙で、肌の手入れにたっぷり時間をかけるなんてことは、とても無理そうではありますが。

第一作から読み続けてきた読者の皆様は、もう御承知のことと思いますが、この爽香シリーズは毎回大きくわけて二つの柱から物語が構成されています。

一つは爽香が巻き込まれ（もしくは首を突っ込み）何らかの形で関わってしまった刑事事件。本書『虹色《にじいろ》のヴァイオリン』で描かれている「事件」は、幼児誘拐。物語は爽香が十五歳のときに親友が殺された事件で知り合い、以来、親しくしてきた河村刑事が早川志乃の部屋を訪れ、入れ替わりの激しいアパートの住人について軽い世間話をする場面から幕を開けます。

初めて爽香シリーズを読まれる方のために一応補足しますと、河村刑事には爽香の中学時代の担任だった妻・布子との間に、爽子と達郎というふたりの子供もいるのですが、シリーズ第十三作『うぐいす色の旅行鞄』で知り合った早川志乃との間にも二歳になった一人娘・あかねがいます。布子を嫌いになったわけではなく、さりとて志乃とあかねにも責任がある。あかねを認知はしたものの、河村も、妻の布子も、そして志乃も、このままではいけないと思いつつ、何らかの「結論」を出すことを先延ばしにしている、という現状。河村刑事は布子とふたりの子供との生活にベースを置きながらも、志乃とあかねの元にも通っているわけです。その志乃とあかねの暮らすアパートの隣に「佐藤」という男が引っ越してくる。河村は、ありふれた隣人の苗字《みようじ》に気を止めることもなかったのですが、その数日後、情報屋から「かつてあなたが逮捕した佐藤が出所した。河村さんを恨んでいるから気をつけたほうがいい」という内容の電話を受けます。その段階で、河村は志乃のアパートの隣人と結びつけて考えることはできず、結果として事件の芽を見過ごすことに。

その頃、主人公の爽香はといえば、大学卒業後に勤めていた高齢者用ケア付きマンション〈Pハウス〉の親会社〈G興産〉へと移り、新しい高齢者用住宅の準備計画〈レインボー・プロジェクト〉のチーフとして多忙を極めていました。前作『茜色《あかねいろ》のプロムナード』で爽香のアシスタントをしていた麻生賢一を正式に「秘書」として使い、移動ももっぱら彼の運転する車で、という三十一歳にしては極めて異例の出世状態という立場。もちろん爽香はそんな自分のポジションにあぐらをかくような人物ではなく、重くなった責任を果たすべく、夫・明男といちゃいちゃする暇もないほど、仕事に追われていました。その渦中、プロジェクトのCM出演の依頼で撮影所に旧知の大女優・栗崎英子を訪ね、そこで一組の母娘と出会う。この母娘と志乃の隣人・佐藤の関係が、誘拐事件へと繋がっていく、というのが本書の大筋になっています。

シリーズのもう一つの柱は、爽香とその周囲の人々の人間関係の変化です。

十五歳だった爽香が三十一歳になったと同じく、当然彼女の周囲の人々も年齢を重ねているわけで、これまでにも様々な「変化」がありました。父が脳溢血《のういっけつ》で倒れたのは爽香が十八歳の夏。河村夫婦の間に長女・爽子が生まれたのは爽香が二十歳の十月十四日。同じ秋に、中学時代からの友人で恋人と呼べる存在になっていた明男と別れ、その三年後には彼はある罪を犯し、後に懲役二年の判決を受けました。明男が仮釈放されたのは爽香が二十五歳の冬。そして二十七歳の秋、苦難を乗り越えたふたりはついに結婚。この頃、河村と志乃は出会い、二年後にはあかねが生まれました。

そうした過去の上に、本書でもまたシリーズの常連と言ってよい人々が数多く登場します。〈Pハウス〉時代から爽香に目をかけ、現在は〈G興産〉の若き社長となった田端将夫。今回はその母・真保が病に倒れ、爽香の中学時代からの親友で、今や立派な女医である今日子の病院で手術を受けることに。真保は爽香をいたく気に入っていて、爽香もまた仕事の上でもそしてひとりの女性としても真保を尊敬していることもあり、病状に胸を痛めている。『小豆色《あずきいろ》のテーブル』で知り合った大女優・栗崎英子は、今回の事件の鍵となる親子のサポート役として、相変わらず健在ですし、『茜色のプロムナード』でヴァイオリンを始めた河村夫婦の十一歳になった娘・爽子はその類稀《たぐいまれ》な才能を発揮し、その発表会が本書のラストシーンとなっています。爽香は、真っ直ぐに背筋を伸ばし舞台に立ち、しなやかに曲を奏でる爽子を見つめ、彼女が生まれたばかりのころのことを思い出す。

〈あの赤ちゃんが、今、バッハを弾いて、居並ぶ人々を感動させている。

——子供ってすばらしい。

爽香は目頭が熱くなるのを感じた〉

爽子が生まれた頃。爽香は大学の助教授と不倫疑惑をかけられ、人間ドックに行った病院で殺されかけ（！）、今は田端将夫の妻となった刈谷祐子の出現で明男と別れ、おまけに心臓に問題がある、という宣告まで受けたのでした。それから十一年の歳月を思えば、目頭が熱くなるのも当然。シリーズ当初から爽香の人生を見守ってきたみなさんにとっても、胸が熱くなる場面だと思われます。

爽香シリーズそのものが家だとしたら、この二本の柱が、どちらも揺るぐことなくしっかり立っているからこそ、私たちは毎年安心してこの〃爽香の家〃を訪れることができるのです。そして実はこの家には、何度か訪れるうちに見つけることができる扉が隠されているのです。

今回、この解説を書かせて頂くにあたり、シリーズ全作を読み返したのですが、そのとき、私はこの隠されていた扉を開いてしまった。それは記憶という扉です。私は、実年齢で爽香より五歳年上なのですが、これまで彼女の人生をあらゆる場所で読んできました。最初の『若草色のポシェット』は通学電車の中で。以後、通勤電車の中、実家のベッド、昼休みの会議室。温泉に行くバスの中、転職した会社のデスク、結婚して住んでいたアパートのソファで。爽香の年齢を追うごとに、そのときの自分を思い出す、というのは、なかなかに幸福な体験でした。（あ、でも明男が仮釈放されたのを爽香が一人で迎えに行き、ふたりが電車の中でキスを交わす『銀色のキーホルダー』を読んだのは、ちょうど離婚した年で辛かったなぁ、などということも思い出してちょっと凹《へこ》んだりもしましたが……）

街でふと、懐かしい曲を耳にしたときに、一瞬にしてその当時の記憶が蘇る、という経験をしたことのある人は多いと思いますが、このシリーズにも同じ効果がある気がします。読み返すと同時に、不思議とその当時の自分の記憶も蘇ってくる。それは多分、爽香と一緒に、私たちもまた年を重ね「今」を生きているからでしょう。そしてこの隠し扉を開くことで、さらに、発売当時に読んだときとはまた違う気持ちを登場人物たちに抱くことができる。

正直、私は、最初に読んだときには、祐子はただ「嫌な女！」だとしか思えなかったし、明男のことも「優柔不断にもほどがある！」と好きにはなれませんでした。けれど、当時の記憶を思い出しながら、今改めて読み返すと、祐子の強《したた》かさや明男の弱さすら愛《いと》しく思えてくる。年を重ねたからこそ解る痛みというものもあるわけです。

爽香の視点でしか見ることが出来なかった物語を、明男や河村や布子の立場に立って見ることができる。やがて、爽香の両親の立場で眺めることができる日がくれば、また違った感想を抱くこともできるでしょう。一般的にミステリーは一度読めば「ネタ」がわれてしまうので、再読する気にならない、という人が多いのですが、この爽香のシリーズには、間違いなく年月を経て読み返す楽しみがあるのです。

そして。

本書で描かれている「事件」のほうは、一応の解決を見せますが、もう一本の柱「人間関係」は、まだまだこれからひと波乱もふた波乱もありそうな気配が濃厚のまま、シリーズはまた次作へと続いて行きます。

ただし「事件」関係でも気になることがひとつ。誘拐事件のもうひとりの黒幕的存在、殺し屋の中川が爽香の素性を追っている、ということ。果たして爽香の運命は、〈レインボー・プロジェクト〉のゴールは、河村夫婦に平穏は訪れるのか、そして充夫のこれからは、と気になることは山積み。そういえば、爽香はかつて、このプロジェクトが終了したら子供も欲しい、というようなことを述べてもいました。仕事か、子供か、という選択ではなく「どっちも」という握力の強さを発揮してこそ、我らが爽香。このあたり、ぜひとも赤川さんにはよろしくお願いしたいところです。

若草、群青《ぐんじよう》、亜麻《あま》、薄紫《うすむらさき》、琥珀《こはく》、緋《ひ》、象牙《ぞうげ》、瑠璃《るり》、暗黒、小豆、銀、藤、うぐいす、利休鼠《りきゆうねずみ》、濡羽《ぬれば》、茜とその時々に応じた色の名前がつけられ続いてきたこのシリーズですが、本書が単色ではなく「虹色」とされていることも興味深いポイント。これからの爽香の人生は何色に彩られるのでしょうか。

『暗黒のスタートライン』で、親友の今日子が爽香に「神様って、さぼってんじゃない？」と言う場面があります。

「――そんなことないよ。どこかで、ちゃんと帳尻《ちようじり》って合うようにできてる」

そう答えた爽香の言葉通りの、幸福な人生が待ち受けていることを祈らずにはいられません。いつの日にかこのシリーズが幕を閉じるときには、これまで使われていない、幸せを予感させるピンク系＝「桜」「桃」「撫子《なでしこ》」などの色が使われるといいな、と願っています。

赤川次郎ファン・クラブ
三毛猫ホームズと仲間たち

入会のご案内

赤川先生の作品が大好きなあなた！〝三毛猫ホームズと仲間たち〟の入会案内です。年に４回会誌（会員だけが読めるショート・ショートも入ってる！）を発行したり、ファンの集《つど》いを開催したりする楽しいクラブです。興味を持った方は、必ず封書で、〒、住所、氏名を明記のうえ80円切手１枚を同封し、下記までお送りください。おりかえし、入会の申込書をお届けします。

〒112-8011
東京都文京区音羽１－16－６
㈱光文社　文庫編集部内
「赤川次郎Ｆ・Ｃに入りたい」の係

光文社文庫

文庫オリジナル／長編青春ミステリー
虹色《にじいろ》のヴァイオリン
著　者　赤《あか》川《がわ》次《じ》郎《ろう》

2004年9月20日　初版1刷発行

発行者　篠原睦子
印　刷　凸版印刷
製　本　ナショナル製本

発行所　株式会社　光文社
〒112-8011　東京都文京区音羽1-16-6
電話　(03)5395-8149　編集部
8114　販売部
8125　業務部
振替　00160-3-115347

ISBN4-334-73742-0 Printed in Japan

お願い　光文社文庫をお読みになって、いかがでございましたか。「読後の感想」を編集部あてに、ぜひお送りください。

このほか光文社文庫では、どんな本をお読みになりましたか。これから、どういう本をご希望ですか。どの本も、誤植がないようつとめていますが、もしお気づきの点がございましたら、お教えください。ご職業、ご年齢などもお書きそえいただければ幸いです。

光文社文庫編集部